寻找河流

子非 著

西北工业大学出版社
西 安

图书在版编目（CIP）数据

寻找河流 / 子非著 . -- 西安：西北工业大学出版社，2024.8. -- ISBN 978-7-5612-9398-0

Ⅰ . I227

中国国家版本馆 CIP 数据核字第 20246LB381 号

XUNZHAO HELIU
寻　找　河　流
子非　著

责任编辑：隋秀娟　马婷婷	策划编辑：张　晖
责任校对：万灵芝	装帧设计：王好学

出版发行：西北工业大学出版社
通信地址：西安市友谊西路 127 号　　　邮编：710072
电　　话：（029）88493844，88491757
网　　址：www.nwpup.com
印 刷 者：陕西博文印务有限责任公司
开　　本：787 mm×1092 mm　　　1/32
印　　张：7.125
字　　数：120 千字　　　　　　　　　插页：2
版　　次：2024 年 8 月第 1 版　　　　2024 年 8 月第 1 次印刷
书　　号：ISBN 978-7-5612-9398-0
定　　价：68.00 元

如有印装问题请与出版社联系调换

  子非,原名谢星林,陕西宁强人,80后,中国作家协会会员。诗歌发表于《诗刊》《诗选刊》《星星》《扬子江》等刊物,入选多种选集和年度选本。已出版诗集《麻池河诗抄》《把木鱼敲成骨头》。获"陕西青年文学奖"、"陕西青年诗人奖",入选陕西省"百优作家扶持计划"。创办诗歌民刊《乌鸦》。

一个人的十年（自序）

  此刻，我坐在书房里，一抬头就能看见南山。刚下过一场大雪，连绵的群山被积雪覆盖，雾气笼罩山尖，亦真亦幻，增加了不少节日的氛围。只在山势陡转之处，偶尔露出高大伟岸的岩石，彰显着大巴山的尊严。

  从2013年至今，已有十年了，十年的光阴足以改变一个人的一生。我是一个晚熟的人，总是对很多事后知后觉。十年前，32岁的我才结束自己的"青春期"，结束放纵、散漫、懒惰的生活，结束一段自以为壮志难酬实则眼高手低的日子，重新拿起笔，开始诗歌写作。

  那一年，我开始回望我从小长大的小山村，回望那条流经我家乡的麻池河，回望河边的那些人、事。每一个在麻池河边长大的人，身上或多或少都留下了一些疤痕，这是一种身份证明，将伴随他们一生一世。小说家托马斯·沃尔夫说："认识自己故乡的方法是离开它；寻找到故乡的办法，是到自己心中去找它，到自己的头脑中、自己的记忆中、自己的精神中以及到一个异乡去找它。"在诗歌中寻找麻池河，似乎成了我的责任和使命,我一定要让这条在地图上找不到的河流,获得更广大的视阈。我曾在一首诗里写道:"你在地图上找到的河流,都是肤浅的／地大物博,幅员辽阔,在陕南／就只剩下一条河,五千年的文明／在麻池河,只剩下一座村庄。"我诗歌中的麻池河在中国众多河流中只是一个样本,我试图通过这个样本来呈现那些古老、多情、苦难的人们,以及时代给他们带来的无法承受之轻,使他们获得应有的尊严,呈现出一个真实的乡村。我写写停停,历时3年,最终结集成《麻池河诗抄》。

每隔几十分钟,玉带河对岸的桥头上就会响起爆爆米花的声音。我循声望去,一股白色的烟雾正在升腾,像一头巨兽,瞬间就吞没了那个中年男人。我想,那个中年男人一定深谙蓄势与勃发之道,忍耐与爆发之道。新年将近,他懂得如何让玉米和大米以开花的方式装饰别人的笑脸,他懂得如何与自己较劲,才能迸发出灿烂的中年。

是的,人的一生大多数时间都是在和自己较劲,写《麻池河诗抄》就是我在和自己较劲。荒诞的生活,拧巴的日子,似乎谁认真谁就输了,可我又认真了,跟自己较上劲了,我开始直面那些我经常回避的事物,直面此时此刻黑白莫辨的自己。叶芝说:"与我们自己争辩的是诗歌,与他人争辩的是修辞。"所以,我始终相信,一个诗人首要的是真诚，一方面，诗人要真诚地面对光怪陆离的浮华，面对一块玻璃中的锋芒，面对寒夜中的星光；另一方面，诗人要真诚面对自己，敢于直视太阳，就会看见自己的黑暗，敢于走进人群，就会听见自己的安静。也许，我这一生都会跟自己较劲，没有输赢，也无所谓输赢。2018年，我将那些与自己较劲的诗歌整理结集为《把木鱼敲成骨头》。

现在，我整理结集出《寻找河流》，收录了近200首诗歌，这些诗歌大多数写于2016年至2023年间。毫无疑问，这还是我对自己的内视，我看见了什么，我也不知道，我似乎离自己越来越远，自己越来越模糊、抽象。这些年来，我经常一个人待在书房，关上门窗，读自己的诗歌，读给自己听，读着读着就停了，不知道是读不下去，还是听不下去。事实上，我对自己仍知之甚少，只希望宽容的读者能管中窥豹，一瞥这个坐在河边寻找河流的人。

楼下的小孩大概完成了今天的作业，逃出父母的视线，成群结队，在干枯的玉带河床上燃放爆竹，想在这条沉闷的河里闹出一点动静。夕阳从上游斜照过来，照在他们稚嫩的脸上，就像照见了时代的真容。

目 录

1 欺生

2 母亲

3 上坟

4 核桃树

5 故乡辞

7 故乡的声音

8 应许之地

9 教学点

10 归来

11 一九五九年的麦穗

12 老家

13	古树
14	归
15	水之源
16	三角洲
17	小城烟雨
18	汉江
19	一无所知
20	小城四月
21	等一个人
22	茶园
23	三河坝
24	草川子
26	覃家河
27	青木川
28	大坪山
29	汉水源
30	青泥岭
31	南山
32	东山观
34	玉带河
35	晒太阳
36	河岸

37	十月
38	捉迷藏
39	草原
40	词缀
41	种树
42	说与听
43	冬日即景
44	景观
45	逆流而上的人
46	下午
47	母亲河
48	远方的小镇
49	途中
51	甘肃
52	余音
53	雨霖霖
54	长椅
55	醒来
56	破洞
57	雨后
58	青春
60	完整

61 猫和老鼠

62 夏夜即景

63 雨季

64 冬

65 河水

66 和女儿放风筝

67 原地

68 小酒馆

69 小男孩

70 关于河

71 北方的姑娘

72 在山顶

74 校园札记

77 照片

79 李白

80 杜甫

81 王维

83 苏轼

84 致任公子

85 回乡偶记

88 钉子

89 寻找河流

90　洪水记

91　桂花开了

92　描述

93　雨伞

95　躲雨

96　黄昏

97　油菜花开

98　四月

99　入冬

101　池塘

102　山中遇雨

103　苹果

104　小女孩

105　背影

106　傍晚的叙事

107　立冬日

109　记梦

110　村夜

111　新大陆

112　寒意

113　勇气

114　端午

115　鹰嘴岩

116　外甥

117　祖母

118　蚕茧

119　西流河

120　冰

121　故乡，或他乡

122　立春

123　雪

124　鱼

125　晚熟的人

126　记梦

127　春语

128　打鸟的人

129　青春辞

130　遇雨

131　采药人

132　流水

133　捕兽夹

134　农贸市场

135　岸

136　放过自己

137 枫树

138 那时

139 登山

140 看雪

141 忘记

142 秋水

143 春天的故事

144 沼泽

145 谁

146 初夏

147 湖

149 南山赋

151 事件二

153 雪原

154 漂木

155 隐居

156 照亮

157 最后的事

159 夜语

161 密林之雨

162 院子

164 妖精

166	盲者	
167	疯者	
168	歌者	
169	梦游者	
170	漂泊者	
171	摆渡者	
172	密林辞	
173	落雪	
175	入林记	
177	空地	
178	密林志	
180	雨	
181	巨石	
182	大树	
183	密林赋	
184	鱼群	
185	画押	
186	等雨	
187	洪水	
188	固守	
189	狼	
190	豹	

191 放逐

192 乌鸦镇

194 蛇镇

196 蜜蜂镇

198 蛙镇

200 夜话

203 此刻

204 遇

205 蘑菇

207 活在未来

209 老虎

211 王

212 梦中的阿木

213 阿木病了

214 寻找阿木

欺 生

割草，身体被草绊倒
砍柴，脸被树枝划伤
劈柴，手掌被斧柄磨破
挖地，脚被锄头挖中
和老人闲聊
舌头被自己的牙齿咬疼
每次回来，我都把自己
弄得浑身是伤

前半夜做梦
梦见自己出不了村子
总原地打转
醒来，听蟋蟀声声入耳
后半夜做梦
梦见自己进不了村子
总慌不择路
醒来，看月落观音岩

母 亲

我从故乡带回一块石头
来喂养空洞的旧梦
却每晚只梦见白天发生的事
屋后的梨树开花了吗

夕阳如绸,母亲伸出一双佛手
抱着迷路的小狗
它静静地趴在母亲的怀里
睡着了,比我听话多了

上 坟

上坟回来,他们
勇敢地穿过一片荒草
回到熟悉的生活
无缘无故地
喝酒就流泪
说话就耳背
牙齿突然咬不住词语
却发现不了
落进头发里的
白色纸灰、香灰

核桃树

祖母说,每一个树洞里
都住着一个人
她是否也住进了树洞
是哪棵树呢

是那棵核桃树吗
她曾一直站在树下看着我
我总在离开
头也不回地离开

怎么就梦不见她呢
女儿说:"站在树下
等我们的人,换成了奶奶
将来会是妈妈吗"

故乡辞

离开故乡,才会有故乡
离开得次数多一点
离开得久一点
才会更了解故乡
才会知道有多爱故乡

长辈们客气地向我询问
异乡的天气
我的方言里夹杂着
普通话的砂子
硌得我们都不自在

我急切地给女儿
描述我童年的树洞
说着说着,就说不下去了
那只慌乱的兔子
究竟去哪儿了

一群小孩围上来
求证苹果手机的价格

该怎么回答
我只能一次次徒劳地返回
把自己骗一辈子

故乡的声音

那时,我能听见屋脊上的
各种声音,比如
风,轻轻吹落黄叶
又将黄叶,轻轻扬起来
熟透的板栗,砸向青瓦
崩裂出板栗色的种子
瘸腿的猫,追赶着
一只敏捷的老鼠
房顶落一层薄雪
阳光,轻轻走过
麻雀争相叼啄我的乳牙

如今,我回到老家
坐在堂屋里,已无法分辨
自己的哭声笑声
只有汽车的余音
在耳朵里钻,炸响
盖过了空荡荡的心跳声

应许之地

阳光飘洒在后山上
祖先的坟头,已绿草青青
风起于青草之末
飘向山下的老屋
坟前空阔,三棵香椿树
不急不慌地发芽
香气笼罩着田间地头的族人
以后有一片灌木林
小鸟筑巢,小兽嬉戏
将族人从噩梦中叫醒

更高的地方,几朵白云
或翻卷,或舒展
幻变成一张张祖先的脸
族人抬头望一望
就知道了明天的天气

教学点

那时,窗户没有玻璃
能闻到油菜花香
没有防护网,麻雀
成群地飞进教室里
没有监控,不怕做错事
或者,偶尔走神

学校后面有一块坟地
凉风爬上屋檐
老师停下来,静静地
等风翻越屋脊
跳下房檐,又开始讲
"病树前头万木春"

归 来

坐在老家对面的山坡上
看，土地簇拥着房子
也簇拥着一个个坟堆

喜鹊和乌鸦，在树上对视
鸡与鸭，在树下闲聊
树干上，爬满莫测的裂纹

老人在墙根下晒太阳
小孩在院子里捏泥巴
他们就像是一个人

男人和女人，一个在地头
一个在地尾，中间隔着
庄稼们充实的一生

那就是我，从炊烟中
走出去了，就看不见了
再也没回来了，回不来了

一九五九年的麦穗

祖母去世前,已不认识我了
却能清楚地记得
牛奶、水果、面包的数量
她每天要数好几遍

偶尔掉一点面包渣
她就会弯下腰,在地上捡拾
像爬在一九五九年的田地里
捡拾干瘪的麦穗

老　家

他们曾看着我一天天长大
我正看着他们一个个死去
月光照着高高的屋脊
也照着矮矮的坟堆
似乎，我不曾长大
他们未曾死去

人们在梦中翻身
应答着某人，缓缓起身
走出月光下的院子
看一会儿静静流淌的河水
又悄悄返回去
轻轻躺进自己的鼾声里

我想和坟里的人说说话
可每次张开嘴
就被什么东西堵住
我自己都无法听见
片片纸灰，从火中飞起来
又落在我的头上

古　树

每个村子都有一两棵古树
落叶的银杏，或不落叶的柏树
树根延伸到墓地，厨房
有人梦见某个祖先
那一定是树根延伸到他的床下

老人在树下说古，风过叶梢
每个人都获得凉意
小孩在树上采摘云朵
眺望村子，或在树下挖蝼蛄
聆听大地深处的声音

有人从树下走向远方
如一粒雨中的菜籽，生活在别处
有人从远方回到树下
突然沉默，树上的乌鸦
还在筑巢，维持着暗中的秩序

归

你总是一次次离去
离开这个冬天、雪人、爪印
亲人的咳嗽和冰封的残梦
事实上,你一直站在原地

叶落归根,新年的爆竹声
撬开了村庄的黑夜
北风静静地趴在窗口
窥视着你那逐渐苍老的脸庞

做点什么吧,翻开
落尘的相册,挂上新日历
给冷却的炉膛添加柴禾
想一个远方的人,想她的好

余下的时间,只够虚度
静静反刍,孤独地穿过
一个个冷梦,黎明
即将诞生于屋檐上的冰凌

水之源

汉水,从长满苔藓的石缝中
流出来,在羊鹿坪
打了一个漩涡,就泛起一座小城
南街上,神志不清的老者
向行人比划着,播种与收割
攻城与守城,某日
一只黄麂从容走进广场
人们四散开来,让出一条道
看着它消失在群山中

回山或回城,我都会遇到
一个咕咚咕咚地喝阳光的人
他的眼睛,黑得发亮
足以照亮和他对视的人
偶尔,我会沿河而上
寻找那些更加纯粹的事物
一只无名小鸟的叫声
一朵无名野花的香味
或自己额头流下的滴滴汗珠

三角洲

在三角洲，两条来历不同的河
正在相遇，碰撞
又若无其事地跑向东山观
晨光里的老人，用一把闪光的剑
把风砍出嚯嚯之声
黄昏里的小孩，踩着发光的轮滑
在人群里练习穿梭

河水幽幽，几片腐叶在水面上
原地打转，暗中的力量
正在维持着这个傍晚
为了消食，我来回行走
围栏上的白猫，警觉地注视着我
迎面走来一个熟人
我像遇到救星，急切地上前握手

小城烟雨

烟雨笼罩着一座不南不北的小城
飘落在不快不慢的人身上
大事情，不过一日三餐
小事情，不过南柯一梦

朋友从山中回来，讲一棵老树
树干里有一座宫殿
门口站着似曾相识的姑娘
拿着他送的发卡，他却不认识

杯中，茶叶缓缓打开
他盯着，诉说着宫殿中心的空
一个熟悉的老者，银发飘飘
他们握手，却抓不住彼此

雨停下来，一切讲诉
都了无痕迹，我和他从桥上走过
跟熟识的人打招呼
河面静静漂着一根红色的丝巾

汉 江

突然想起汉江河
那时,我们还不知道
它从哪儿流来,又流向何处
芦苇在风中浮沉
像我们无法被描述的青春

你不说话,静静看着我
像一只优雅的白鹭
我躺在水面,一边笨拙地抽烟
一边和岸上的你
聊关于下游毫无所知的事情

此刻,我独自一人
坐在汉江源头的小城里
面对一杯清茶,熟练地吐出
一圈圈白色的烟雾
轻轻地将自己笼罩

一无所知

我对这个小城,仍一无所知
玉带河穿城而过
什么东西让它突然回流一段
河街的瓦房顶上
扔牙齿的地方为何长出野草
寒夜漫长,路灯下
为何只有二傻追赶自己的影子
苦难的节日来临
为何人们都戴着喜悦的面具

从梦中醒来,或走进梦里
我对自己也一无所知
臃肿来自何处?写字的手
为何无缘无故地颤抖
偏头痛,为何突然就一片空白
从南山采回草木
文火慢煎,我虚构谁的情节
去夜市走走,看看人间烟火
是否就不觉得孤独了

小城四月

一切都恰到好处
坐在窗前,喝着茶抽着烟
想一个遥远的人
想着想着就睡着了
春梦无痕,或者
去河边走走,总能遇到
某个多年未见的熟人
坐在温热的石头上
聊一个刚刚去世的老朋友

一个人登上东山
松涛阵阵,阳光的浪花
在青石板上跳动
某些执念,被鸟雀的尖嘴
一叫,就刺破了
某些死结,被遥远的清风
一吹,就打开了
谁家在用竹笋炒腊肉
西门城楼上,谁在等我

等一个人

我在小城等一个人
他身材瘦小,像一根撬棍
试图撬动满城烟雨
脸上多痣,互相对抗、纠缠
导致他时常迷路
有一根断指,已下落不明
预支了孤独与残缺
有无名之痛,连接于身心
不可描述,无法根治
喜欢在阳光下翻晒影子
在纸上解剖目光
偶尔失眠,勇敢地点燃香烟
与黑夜的深渊对峙
他尚未到来,满城新楼
抵不过一场旧梦
或者,他已经来了
只是我没有勇气和他相认
在衰老淹没我之前

茶　园

玉皇脚下,茶园葱郁
游人掐一片茶叶
轻轻地咀嚼,试图用唇齿
刺探自己的隐秘

不种不采,品什么茶
悟什么道,紫砂壶
又涨价了,油腻的人们
已习得优雅的茶艺

小姑娘,躲在茶树丛里
没有谁能找到她
她睡着了,一只七彩蝴蝶
正栖息在她的头上

三河坝

那年,在三河坝吃鱼
老裴说,我总无法剔出
一根完美的鱼刺
牛哥说,我一生最大的憾事
就是无法喝酒
后来,老裴发来一张照片
三河坝被洪水淹没
我正患感冒,全身流虚汗

草川子

在草川子,思想的云朵已飘远
只剩下纯粹的空与蓝
微风过处,白鸟划着树木
于起伏的群山之中,缓缓航行

大地温热,身体和影子
携手走在自己的目光里
大脑袋,晃荡成肉体的小挂件
成为肉体最忠实的一部分

古老的银杏树,坐在时间之外
打结的红布,悬挂在枯枝上
填满念想的虚空,伫立
或凝视,都是对存在的无限敬意

溪水当道,可掬水濯足
凉透每一个欲望,可俯身照影
肉身深处,鱼戏卵石间
刚打了一声招呼,又默然相忘

前方是石林,有足够的时间
信步而行,消磨双脚的势不两立
野花盛开时,可独自前往
背靠石柱,蹭蹭发痒的脊背

覃家河

覃家河一带,已没有姓覃的人
一条叫覃家河的河流
时涨时消,永不回头地流淌

老人叙述着覃氏家族
前言不搭后语,任由猫头鹰
在坍塌的坟地兀自啼叫

小孩收集散落的墙砖
垒成的城堡,无缘无故地倒塌
尘土扬起,欢笑声灿烂

青木川

一个时代,一座城,一个人
时光隐晦,飞凤桥上
讲故事的人,枯坐于流水之上

庄园被翻新,建成博物馆
烟雨迷蒙中,门票开售
人们正在亲手检验狮子的公母

辅仁中学门口,一个小女孩
正在安静地捡拾垃圾
目光清澈,照亮了她自己的脸

大坪山

把大坪山,放在远方
假模假式地观看;或者
把大坪山,装在心里
随时掏出来,故作攀爬之态
一个人,妄图囚禁一座山

大坪山,缓缓升起白雾
藏匿自己,扔下我们
流浪在自己的目光边缘
如同几块墙上的霉斑
暴露出认识的阴湿

大风,从次生林里钻出来
刮过一片被三叶草入侵的草地
我们拿起相机,眼睛上膛
用一张张狰狞的脸
瞄准从雾中冒出来的山头

汉水源

汉水源,一个离天空最近的地方
女儿堆了一个雪人
她多么熟悉自己的样子啊
红色的衣服,瞬间就点燃了
整个冬天,古老的汉江
从她那通红的手心里,缓缓流出

青泥岭

飞鸟吃了桑葚
排泄在银杏树的丫杈上
长出一株桑树
李白没看见,写下了《蜀道难》
我看见了,写着《行路难》

我一定来过这里
挺着老腰,穿过两棵银杏树
前往那张干净的讲桌
走出朗朗读书声

南　山

那年冬天，我翻越南山
记不清同行的人是谁
一定有一个人
一个和我完全不一样的人

雪没过膝盖，我和他
相互问路，回答
寒风，为何一路尾随
冰锥，为何都指向大地

雪花，真能压断树枝
山鸟，为何突然惊起而飞
当道的瘸腿野猪
为何说离开就离开了

在远处，煨火的老人是谁
我怎么就穿过了南山
难道真有一个和我同行的人
至今仍是一个个谜

东山观

东山观,已没有道观
只有东山,不高不低地假寐着
地上的枯叶很识相
乘风而起,与树上的绿叶共舞

旧坟坍塌,又添新坟
登山之人,假装没看见
汗水沿着突起的血脉流淌
一只独鸟,在他头顶久久盘旋

山顶上,什么都不会有
阳光下的小城,泛着玻璃之光
那个模糊地方,未必是家
那个遥远的人,未必是自己

黄昏时,小城一片苍茫
他必须找准下山的时机
一生流连于世,最先开灯的人
难道是拥有秘密最多的人

睡梦里，他重返东山
走进道观，虔诚地上香、叩头
仍抓不到后背之痒，醒来
忘记了庙里是哪路神仙

玉带河

坐在河边垂钓的人
正在抽烟,他用陡峭的一生
来适应平缓的流水
玉带河、沔水、汉水、沧浪水
当浩荡的长江流入大海
他收起钓具,消失在夜色中

他捡回奇形怪状的石头
于每个失眠之夜,倾听石头里
泛起的阵阵涛声,或者
在阳光下,将钥匙留在岸边
赤身裸体,狠狠地扎进水中
尾随一条失忆的鱼

太多的人,习惯走在桥上
流水,拉长了影子
他们浑然不觉,有人
突然看到了自己,肉体如幻影
飘然落下,水花骤然盛开
倏忽沉寂,玉带河还叫玉带河

晒太阳

清晨,他坐在石头上晒太阳
影子狭长而锋利,操纵着明暗

石子匍匐在地,袒露臣服之心
泥土温润,散发暧昧的气息
蚂蚁,一瘸一拐地翻越剑刃
小草,怯生生地擎着年轻的脑袋
一根羽毛,挥动着柔顺的绒毛
烟头,闭上了申诉之唇
剑尖所指,一群孩子正在练习
追捕自己的影子,笑声荡漾

正午,他离开光滑的石头
剑被他收回身体,越发的锋利

河　岸

夕阳中，山峰被自己的影子蚕食
群山之上，盘旋的老鹰
像孤独的将军，迈着沉重的步伐

设计桥的人，是一个伏击高手
过桥的人，都是伪装者
流浪汉，正在暴露他们的阴谋

路灯杆，高高地擎着一个个谎言
垃圾，装饰了败退的河堤
夜色霉黑，向下游重重地偏斜

人们走在河岸，无法自拔
石头和流水，僵持、厮守着
一群游鱼，正在巡视古老的疆界

十 月

独眼的天空,空成一只异族的蓝眼睛
山丘脱掉衣服,坐在河沿上耍赖
被石头磨细的流水,还在指桑骂槐

十月的果子,在阳光下腐烂
风东躲西藏,还改变不了
被一片片横飞的落叶追杀的命运

穿红裙子的女人,站在干燥的路口
男人剃掉胡须,攥着一张狮子的影子
我如果认出自己,就会爱上他们

捉迷藏

藏在树洞里，藏在草垛里
藏在石缝里，藏在流水里
藏在人群里，藏在自己身后
我们是谁，是仓皇的逃犯
还是那个追捕逃犯的人
多么怕被别人找到
多么怕被别人找不到

我们藏在突然的颤抖里
藏在一把刀的背后
藏在某个圣人的裙褶里
藏在一个仪式里
藏在一个汉字拐弯的地方

我们藏起牙齿、指甲、拳头
深陷于事物蛀空的暗影
优雅地从这个身体
蠕动到另一个身体

草 原

我误入一片太阳滚动的草原
与一只狼,狭路相逢
它把我当作一只肥美的羊
我把它当作一只温顺的狗

它高声嚎叫,两眼扫射着我
努力做出不是狗的举动
我瞪着近视眼,提着流汗的拳头
努力做出不是羊的举动

我逃回来之后,总感觉
有两只眼睛,盯着我的脊背
就像即将到来的某个冬天
需要吃羊肉,才能缓解

词　缀

杨花在空中飞舞
窗外的小孩向我招手
我突然局促起来
搓动着满是皱纹的双手

近来,我常走错
厨房和卧室,或将睡梦
切出花刀,或躺成
一条腌入了味的鱼

小孩漂浮在阳光里
还在向我招手,我放下
一本蛀空的烫金书籍
走出指纹防盗门

风,从屋顶跑过
清晨突然就轻盈起来了
我跟在小孩身后
像某个悠长的词缀

种　树

在院子里栽一棵吧
值得被我们仰望的事物越来越少
除了树杈上的巢
树梢上的风

太阳将你灼伤
月亮给你冷敷
只有这棵树可以阻挡三千里黄沙
如果你在树下睡着了

说与听

她一直在说,说这次旅行
那个帅气的外地导游
说着她的方言
动物园里表演的猴子
穿着她的衣服
卖新疆水果的南方女人
长着她的长发
和她擦肩而过的男人
使用着她的香水
一位古代女子的雕塑
长着她的风流痣
她负责说,我负责听
她只是说说,我只是听听

冬日即景

萝卜的心空了,地窖里的黑暗
长出了白色的幼芽
老人抱着火塘,也无法焐热
一个频频出现的冷梦
院子里的孩子,正在用木棍
狠狠敲打冰柱,溅起
一块块晶莹、锋利的冰片
马对着天空嘶鸣,雪不掉下来
万物袒露残酷的清晰

景　观

头顶是一块天空，脚下
是一张大地，安静的路
不偏不倚，将草地
一切为二，高大的树
被画在天地的裂缝里
挂在树上的鸟儿，上好了
发条，定能准时鸣叫
孩子们，被放置在树下
捕捉一动不动的昆虫
还要安放一只狗，茫然地
吐着一条猩红的舌头
还要有一个丑陋的男人
戴着大灰狼面具，被扔在
远处的灌木丛里，等待
被健忘的观众们找出来

逆流而上的人

沿河而下,他把一滴水跟丢了
夕阳里,整个水面都在燃烧
鸟从火焰中凌空而起
带着鱼飞翔,河面辉煌而宁静

石头锋利,他攥着它
就不会被风刮走,被水冲走
小孩用石头砸水
上了瘾,把自己也扔了出去
河岸凹进去的地方
流浪汉在梦中,死守着水文线

天暗下来了,他将从剧场返回
只有故乡,才会浪费
这悠久的时间,浪费这沧浪之水
养活一个逆流而上的人

下　午

这是多年前的下午
铅灰色的天空，布满
阳光的锈迹，树长满铜绿
死守着每个铁青的路口
风的扎丝，捆着人们的四肢
虫子，有钢珠的光泽
小草，有铁钉的尖锐
人们被焊接在自己的位置上
如一尊尊肃穆的金属雕像
对峙着，等待着
今天这个下午的到来

母亲河

从《诗经》里流进去,从下水道里流出来
从嘴里流进去,从体内排出来
母亲河,就是用流向低处的水
养活流向高处的血

芦苇丛中,有枪毙罪犯的弹壳
有拦路抢劫的刀子,一对陌生男女
走过满地的疮痍
芦花就白了

河这边在放生,河那边在网鱼
河这边办丧事,河那边迎娶新娘
人们修一座桥,经常被自己堵塞

岸边的一只鞋子,蓄满雨水
落日下,水面涌起一座座坟墓
流浪的人正立于雕花的船头
像诗人一样,朗诵《诗经》

远方的小镇

他们逃到远方的小镇,像兄弟一样
蹲坐于山顶;像姐妹一样
穿过幽静的小树林;像情侣一样
赤身裸体,一整天都待在屋子里

小镇的灯光下,老人似睡非睡
安静、虚无沿着皱纹流淌
男人一边用竹签,捅旱烟锅
一边思忖,何时离开家乡
小孩嗜睡,女人用一根锋利的针
缝补一件衣服的内伤
路口的姑娘,站在黑暗的树影里
等待那个从黑暗中走来的人

没有风,窗帘兀自晃动
飞舞的蚊子,一直在寻找下嘴的机会
他们拥抱得越紧,越感到孤独
直到秋风,把一片落叶从窗户送进来

途　中

下山途中，她蹲坐在木桩上
银杏树的叶子落在脚边
酸痛的脚，让一双鞋获得质感

蚂蚁爬出黑洞，缓缓进入
预设的阳光，茅草把手挥断了
云还没走，模仿着茅草的样子

空瓶子，对着一座悬崖
对着一棵掉光了叶子的刺槐
她无心相认，却一再被认领

一只绿色小鸟，站在枯枝上
没有和她打招呼，她也就端着
似乎谁先开口，谁就输了

石头，从山上跳下来
把自己打磨圆润，送到她面前
她捡起来，扔出去，还给了山

以影子为镜,以手指为梳
几根头发,缠绕着倔强的脖子
拨不去,拂还来

上山的小女孩,下山的老太太
穿过她的身体和影子的缝隙
她搁浅在自己的身体里

甘　肃

在甘南，小男孩躲在寺庙的阴影里
看到他的人，顿生凉意

在兰州，小女孩蹲在黄河滩
用石块，勾画自己的影子

在武威，有人用先秦的城砖砌墙
灯光下，他们就像一个刚出土的人

在张掖，老人靠着斑斓的巨石
睡着了，游客们趁机自拍

在嘉峪关，有人西去，有人东来
剩下来的人，正在犹豫

在敦煌，阳光轻轻扫过洞窟
一张淡淡的笑脸，极像我的女儿

余 音

秋天已被终结,鹰飞过的路径上
麻雀聚集,制造闲话
避雷针,暴露着时代的轻佻

风暴被囚禁在石头里
闲置在一个荒凉的路口
或者,熄灭在一座斑驳的墓碑上

站在陈旧的门口,无妄之风
绕墙奔跑,我拄着自己
如同一粒在夕阳里晃荡的余音

雨霖霖

天空熟透了,无人采摘
腐烂的汁水,缓慢坠落
芭蕉的头,被摁下去
又抬起来,在固定的位置上
浮沉,苔藓抱住石头
怕一松手,石头就被淹死了

支撑屋檐、肉体的木头
腐烂、酸涩,我抓住书本
怕一松手,故事就戛然而止

长　椅

蓝天，泛着深渊的光芒
一架银白色的飞机，正在呼救
我们曾经坐过的那把长椅
锈满安静，需要我再坐下来
维持某个事故的完整性

我像你一样，把头
枕在我的腿上；也像我一样
轻轻梳理你长长的头发
为了配合春天，椅脚上
长出几朵叫不出名字的蘑菇

清洁工来了，戴着陈旧的面具
崭新的尘埃，落在我们头上
我们中间，有时坐着小孩
有时坐着老人，有时坐着
一对情侣，有时什么也没有

醒　来

清晨，我在一片树林中醒来
乌鸦，在头发里孵一枚蛋
莫名的眼泪，露珠般晶亮
啄木鸟飞走了，空洞的嘴巴
像一个安静的石窟，藤蔓的花
轻轻拍着双肩，手指尖上
青果在风中摇摆，皮肤粗糙
缓缓打开年轮，等一只小兽
来蹭一蹭它那油亮的皮毛
浓雾散去，我误醒于人群
太阳，被清晰地画在一张纸上

破　洞

他划破晨雾，跌跌撞撞地来到
河湾里，用身体堵住船上的破洞
点燃香烟，开始穿针引线

把香烟衔成吸管，吸食辽阔的白
虚无庞大，却抽干了他的身体
直到阳光廓清了整个河面

他提着自己，从河湾里走上来
像一个空手而归的渔民
沙滩上，空留一道湿漉漉的水痕

雨　后

雨后,小女孩伸展手臂
踮着脚尖,走过浅浅的积水
还是把那些云朵踩脏了

男人翻看旧书,一不小心
割破手指,放在嘴里抿一下
雨的味道,如此辛辣

女人串珠子,戴了这么多年
还是无法一下就抓住它
有几颗,已然下落不明

老人们,聊多年前的那场雨
若有若无,不知所终
至今双腿寒凉,心里湿漉漉的

青　春

青春，就是翻过院墙上的玻璃碴
把一本教科书垫在屁股下
一起争论山外的世界，并大打出手

青春，就是放跑偷牛贼家中的牛
在午睡的老色鬼脸上，画乌龟
变色龙上课前，门上放个垃圾桶

青春，就是在校服上写自己的名字
或做一个属于自己的记号
用一次次犯错，证明小小的自己

青春，就是在暴雨、闪电中裸露胸膛
酒量很小，却每次都喝醉
夜晚走路不怕鬼，睡觉不关门

青春，就是爱一个远方的姑娘
不知道姓名、地址，不报自己的家世
就那么爱着，爱得死去活来

青春,即使被铐上几句话
脖子上被画一把刀,也无法被阻止
撞向南墙,成年人在墙后窃笑

完　整

暴雨来临之前，我逃回屋子
我的另一部分，仍在屋外逃窜
如壁虎的断尾，没有结局的故事

我坐下来，故作镇静地喝茶
读书，写一首与暴雨无关的诗
或者，做一个在暴雨中前行的梦

古老的清晨，我打开门
亲热地抱着自己，手拉着手
在阳光下散步，看起来多么完整

猫和老鼠

冬天来了，一只黑色的猫
行走在荒凉的大地上
寒风，吹皱了它的绒毛
破庙在前方，野草已爬上屋脊

人们，围坐在火塘旁
叙述疏松，夹杂着老鼠的尖叫
蛀空的凳子上，闲置着
一颗颗被血管捆绑的心

冬天，是一块坚冷的秩序
黎明局促，猫和老鼠
拱手而立，阳光给它们鎏金
每个人，都挂着一双老寒腿

夏夜即景

路灯伪装成太阳,飞蛾奔赴而来
一切真实,都将死于幻象

树叶晃动,声音细碎
如一群匆匆跑过宫殿的御林军

鸟雀从梦中跌出,人们跌进睡梦
路上的尘埃,就是砝码

野狗横穿路灯,灯光毛茸茸的
唯有疼痛能医治世界的奇痒

流浪汉盖着纸板,亮晶晶的夜露
在纸板上记下梦的真迹

雨　季

雨季还没结束，她的背影
开始模糊，葱茏的青苔
爬上石阶，柱子被霉斑覆盖
玻璃落满灰尘，书的折痕
已被秋风的凉意消除

我的手心，还攥着她的余温
椅子倾斜，仍然保持着
她的姿势，墙皮掉落的地方
露出砖头的火色，小路
在雨中晃悠，挑着我和她

我点燃诗稿，引燃炉火
照亮我这张阴暗、潮湿的脸
水壶的响声，缓缓填补
她留下的空旷，雾气袅袅
就像在偷偷酝酿另一场雨

冬

我知道,她在桥上等我
河水,停止了流淌
鱼,还是没有记住水的样子

阳光,在冰面打滑
风,染红了她的裙子
破旧的桥,秉承古老的制式

行人,用残缺的身体
散布完美的消息,传递着
一阵阵孤独的心跳

我该怎样出现,指认
这个冬天,约等于她的偏执
出场,即是画蛇添足

河　水

河水流经的地方，总有一群人
站在岸上，对一条河指指点点
大地左躲右闪，或欲盖弥彰

小孩，在乱石中寻找
适合袭击别人的石头，他有信心
把自己，训导出圆润之光

姑娘掬起自己的影子，反复擦洗
一件件过时的衣服，直到影子
躲到她们的背后，真危险

中年男人以水为镜，试图捉住
额前的几根白发，无妄之风
反复戏弄着水面的浮萍

偶尔有人，在河边徘徊
日光，已被河流　分为二
他仍然无法改变一条河的流向

和女儿放风筝

你爱上了跑着跑着就飞起来的感觉
爱上了和自己对视、僵持
并持续处于紧绷、颤动的状态
纯蓝的天,被你一放一收

我跑着跑着就停下来了,陡然陈旧
臃肿、冒虚汗,手足无措
又心心念念,我们之间的空地上
尘埃被轻风扬起,又静静落下来

原　地

想起你的时候，天空并没有下雪
过期的风，从荒野里吹过来
扑进我的怀里，突然就迷了我的眼

小城成空，我频频变换活着的方式
去复述那个冬天，试图翻出新意
往日，皆是今日之坟墓

硬邦邦的梦里，你我已形同陌路
一树桃花，正礼节性地微笑
一对男女，沿逆时针方向相互追赶

雪终于落下来了，人们仓皇而逃
我还站在原地，对不起
我接住的每一片雪花，都不是你

小酒馆

朋友回来后,散发着遥远的气息
关于这场雪,他只字不提
窗外的风,代替我们在大地上流浪
雪,优雅地覆盖了我们的脚印

我们把自己摁在彼此的对面
借助一盏灯,一杯酒,一支烟
一个个滑腻腻的词语,让交谈
在虚设的冬天里,保持恒温属性

门外响起轰油、刹车声,一只老鼠
钻进了下水道,一个狐臭的人
正在横穿大街,女服务员
还很年轻,被牢牢卡在工装里

我们离开贴有木纹纸的椅子
抬头纹更深了,酒尽而人未醉
我们不得不走出小酒馆,小心踩着
别人的脚印,还是把自己踩乱了

小男孩

小男孩从远方走来，双手攥着
自己的两道目光，如同攥着两根撬棍
他相信自己，在冬天来临之前
能撬动自己的脸，让一切松动起来

他走进一片旷野，苍耳紧紧抓住
年轻的身体，冷风扬起蝴蝶
在他与土地之间，隔着一层腐草
他坚信，踩着自己的目光就能回家

他瞥了我一眼，天空就阴了下来
两个骗子互不相识，一直在互相欺骗
夕阳跌落于草丛，语言是极寒之物
秋虫，在末日狂欢中归于平静

关于河

晚饭之后,适合徒劳地散步
无论怎样选择,都要经过那个拦河坝
夕阳在水面频频打滑,落叶
顶替了游鱼的一生,脚步声
掺杂了流水跌落之声,一个油腻之人
该如何保持麻木的从容之态

所有的人,终究会回到岸上
面对一条河指指点点,言不及义
嘲笑那些踮起脚尖,仍然湿了鞋的人
黑夜,从他们的眼睛里漾开
渲染出庸常日子里浓烈的腥味
路灯下,偶尔有人做出跳跃的动作

北方的姑娘

最远的地方是北方,有一座小城
尘埃,从事物中分泌出来
覆盖着每一束阳光,旷野
是寒风的巢穴,唯有虚构方可抵达

因为长期食用孤独、倔强
你的身体尽显峭拔,月光横飞之夜
你攥着自己的两把目光,一击而中
寒霜落下,北方越发空旷

你蜗居在一间铁皮屋子里
让每一个造访的人,瞬间锈迹斑斑
你所等待的,不过是一个雨季
一个你已忘记了名字的人

我坐在横穿北方的列车上
隐痛沿着铁轨,消失在苍茫的远方
站台上的那个人是你吗?为什么
她一直看着我,欲言又止

在山顶

在山顶,你眺望远方
远方空蒙,自己
才是永远到不了的远方

你吼叫,声音传出去
深不见底,你试图逃避的东西
却总是如影随形

你指点江山,满目苍茫
江山见你应如是
你怎么就轻信了自己

鸟叫声,在旷野传响
你突然想起一件心事
开始遮掩,却漏洞百出

你抽烟,风起于烟灰
将你刮得东倒西歪
你总是走不出自己的伏击圈

你想纵身一跃
却死死抱住一棵大树
一直在抗拒自己的诱惑

你只得灰溜溜地跟随人群
小心踩着他们的脚印
有惊无险地走下来

校园札记

1
木座椅，被换成塑料椅、铁椅
孩子们的头顶
一架银色的飞机
正沿着鸟儿的路径飞翔

2
校服上的各种古怪标记
拱破了冻土，彻底展露
在世界面前，春天
说来就来了

3
孩子们跟花朵聊天，说出
自己的秘密，花就开了
结出一粒粒种子
被他们种在自己的梦里

4
孩子睡着了，蝴蝶飞进窗户

停在她的头上,她的梦
一定有鲜花的香味
她一定正在花丛中飞舞

5
红色的鸟,在槐树上筑巢
孩子们,总记不住它的名字
只记住槐花的香味

6
风吹动树梢,靠窗的孩子
听见了时间走过的声音
老师假装没看见
小心地保护着隐秘的事物

7
考试前,他们分明找到了四叶草
考试时,老师提出的问题
还那么刁钻

8
图书馆是一只独角兽
记录着通向自己的全部秘密
孩子们深信,独角的粉末

能解他们成长的毒

9
蛇在草丛里爬行,未知善恶
孩子们,远远地看着
直到它消失在院墙外
事物之间,应保持必要的距离

10
孩子们必须犯错误
就像弹错了一个音符
不要打扰他们,错误也有尊严
这是成长的全部秘密

11
下雪了,孩子们仰起脸
闭上眼,托着洁白、轻盈之物
宁静地坠落,无法描述却能抵达事物本质

照　片

你一直担心，照片上的人
会走出来，或走不出来
所以，从不把照片挂在墙上

当你知道，自己也会
在某一天，走进一张照片里
生活，瞬间就有了秩序

摄影师是魔术师，你中了
他的蛊，对于闪现的一瞬
你一生都会欲言又止

你想到某个时间，某个地方
某个被爱与恨挟持的人
只因一场聊胜于无的烟雨

那棵树，今年开花了吗
那只小狗，还在吗
那个抢镜的陌生人，还好吗

你一生都在经营一场骗局
并心甘情愿地钻进去
留下几张照片,无人识破

泛黄是人生的宿命,各种颜色
褪成一种,一瓣一瓣剥落
只留下纯粹的虚白

修复照片的老师傅,既近视
又远视,那些无法看清的地方
才是属于他的世界

合上相册吧,用余下的勇气
向自己问好,聊草木荣枯
抱着自己,把余下的梦做完

李 白

我在陕南,等一个人
名字忘记了,据说是皇上的亲戚
但我不屑于认这门亲

抬头望天,望一只自我放逐的鸟
拽着一把闪电,等雷声
低头进山,在一棵歪脖子树上
睡成晶莹的小兽,只待雾霭升起
只身赴水,就是一条无须长鳞的鱼
看船只沉浮,或满江空自流
端坐闹市,即使没有什么龙泉剑
谁叫我,我也不会上船

他还没来,我也不打算久等
喝酒,就喝自家酿造的苞谷酒
不要扶我,没有人能扶我
蘸着酒写诗,看不懂你们就慢慢看
我去钓鱼了,以虹霓为线
明月为钩,如果他来了
叫他先去蓬莱等我,别来打扰我

杜 甫

新安吏、石壕吏、潼关吏
胖子被问斩了,换上一个瘦子
新婚别、无家别、垂老别
和别人分别后,再和自己分别

没有你,整个唐朝都是轻浮的
有了你,如今的时代也是轻浮的
山河虽在,草木更深

公然抱茅的小孩,现在长大了
江上的燕子,去了南方杳无消息
落木依然萧萧,长江依然滚滚
先生,回家吧,你的泪
我刚替你流出来,就被风吹干了

回哪里去呢?哪里不是唐朝
诗圣、诗史,这名称太俗了
就叫你老杜吧,你再不答应
我就替你答应了,偌大一个时代
谁叫我一声老谢啊

王 维

我曾那么厌恶你,居士大人
既不像官人,也不像隐士
用长安的银子购买辋川
用辋川的山水装饰长安

我在陕南的群峰间突围
水未穷,云不起
我在小城的暗影里追逐月光
人不闲,夜不静

诗句干瘦,喂不饱肉体
肉体斑驳,救不了失语的诗句
梨花,在山坡上戴孝
我,在防护网里腐烂

前不开花、后不结果的年代
诗不如画,画不如诗
一个对花粉过敏的人
如何在魅惑的春天全身而退

我们和解吧,你我都是
骑在城墙上的人,我的失眠
只是一场未竟的法事,佛不语
那是佛不知该怎样说

苏　轼

黄州、汝州、颍州、扬州、定州、杭州
英州、惠州、儋州，我都没去过
去过又怎样，生死两茫茫

我出生在一个适合被贬的地方
又快要到你被贬的年龄了，天狼空在
无黄无苍，一杯勾兑的白酒
无人可祭，无处可祭

东坡肉、东坡肘子、东坡豆腐、东坡鱼
都没吃过，吃了也吃不出你的味
我的家乡有竹，却少小离乡
学过书法，写啥不像啥
练过绘画，画谁不像谁

我必须学会，出门观天、买菜讲价
江上清风，自作多情
山间明月，庸人自扰
偶尔写诗，伤身，养一身你的脾气
寂寞沙洲，只系一只孤舟

致任公子

从嘉陵江到汉江,群山的断崖
漂浮于锋利的流水,蓝色大巴
空出她的辽阔、静寂、孤绝
于起伏中,重复时间败逃的路径

一个只在河流源头居住的女人
拒绝任何形式的流淌、诠释
临水照影,一切布景尽显尴尬
唯有她,暴露于自己的目光

玉兰在倒春寒里开放,她的单薄
将独自穿过一片芜杂的旷野
走成一根巨缁,以身体为饵
钓出自己的灵魂,她是自己的源头

回乡偶记

1
我站在老家的院子里,仍然无法确定
那个站在院子里的人是谁

2
今日下雨,我一直在等一个人
记不清她的容颜、姓名,只记得
我每次都能从她眼睛里看见我自己

3
门前有座高山,我每天望一望
就长大了,祖父每天望一望
就离开了这个世界,只留下一个仰望的姿势

4
院子里来了一条蛇,母亲说
那是去世的某个亲人,焚香、烧纸
念念有词,蛇满意地爬走了

5
顺子蹲在土坎上，用一支烟烧蚂蚁
烧了不大一会儿，他就掉下土坎
死了，无病无伤

6
母亲在菜园东边种黄瓜，在西边种茄子
她无法阻止，有的黄瓜长得像茄子
有的茄子长得像黄瓜

7
麻雀、蜻蜓、蚂蚁、狗尾草
时不时要来走亲戚，所以
农户的大门都敞开着

8
一只狗正忙于和一群鸡对峙
没时间朝陌生人嚎叫
竹竿上的衣服，喝饱了阳光和花香
欢快地在微风中迈着猫步

9
一条路，像一个喝醉的人
被小草扶着，东倒西歪地走向远方

老人坐在池塘边,好像睡着了
手里的渔竿,静静地伸进
昨天的水里,钓明天的鱼

10
据说村里来了疯狗,所有的狗
格杀勿论。他们回来的时候
天上还下着雨,鲜血顺着裤腿往下流
不知是狗血,还是人血

11
一个正在老去的人,拥有一只猫的瞌睡
柔软、平静,同村的一个年轻人死了
他去看年轻人,就像是在看一个吃饭插队的人

12
一个人死了,七期、百天、周年
就像一个走向远方的人,走一走,停一停
回头望一望,亲人们给他烧点纸
劝一劝,送一送,他就再也回不来了

钉　子

他无法进入一枚钉子的内部
五金店的老板娘
风韵犹存,他们讨价还价
似乎与钉子无关
抽屉很黑,适合钉子静静躺着
或等待一把锃亮的锤子
似乎与他无关
墙壁光洁、陡峭,尘埃辽阔,影子局促
似乎与他和钉子都无关

钉子的想法,是银色的
内含一道坚硬而孤绝的寒光
它必须拥有尖锐和平钝
才能从一个事物,进入
另一个事物,时间缠绕着钉子
露出猩红的把柄
他不得不用跌宕的一生
换取没有输赢的对峙
只能在纸上作茧,蓦然一抬头
他和钉子,都宽恕了彼此

寻找河流

一生中,总会在某个时候
痴迷于追踪一条河流的下落
冲刷与飞溅也罢
回流与静止也好
事物将迷失于裹挟与被裹挟
他伪装成一个渔夫
试探深浅、冷暖、清浊
在河滩上寻找奇石
每一块都不像自己

一生中,总会在某个时候
决心重返一条河流的源头
他一次次攀上自己的头顶
绕过草丛里的蛇
树洞里的独角兽
在一只白鸟的指引之下
穿过一片坍塌的坟地
迷雾止在聚集,一个熟悉的
小孩,正在掬水而饮

洪水记

昨夜,我梦到了一场洪水
曾被我遗忘的事物
比如,一把未开刃的小刀
一只无法吹响的哨子
从水面漂过,再次被我遗忘

一张张熟悉而久远的面孔
从上游漂来,静静流入
漩涡,我叫不出声
只能眼睁睁看着,他们
再次从我身边决然地离开

清晨,院子里的衣服上
歇满露珠,没有洪水的踪迹
齐刷刷的阳光,清扫着
静默的人间,我开始练习
如何躲过自己的影子

桂花开了

桂花开了,香气在院子里浮动
保险推销员的脸上
涂满慈祥,他正在给孩子
讲述一根断羽的来历

楼上的女人,关上门
照一面歇满尘埃的镜子
砂锅里的鱼,静静躺在汤水里
张开大嘴,欲言又止

也许,住在地下室里的诗人
已写出事物的结局
当他坐在桂花树下抽烟的时候
所有的人竟然毫无察觉

描 述

清晨,一切尚未被描述
铁灰色的天空,被远山的巨齿
死死咬住,没有丝毫松动
树木长满茂盛的铜锈
泛着坚硬而冰冷的光
一只孤独的乌鸦,坐在石头上
目光漆黑,笼罩着他的小屋

他站在门口,伸手、弯腰
骨头们发出突兀、怪异的声响
执拗而决然,冷风的刀子
削刻着他温热的身体
梦中之人,没有留下任何踪迹
雾气诡异,潜伏在屋后
他闭上眼,假装已尽收眼底

雨　伞

雨滴在河面跳跃、挣扎、掉进河里
她撑着雨伞，站在河堤上
被一团雾气包裹，投出去的目光
又反射回来，她不再躲闪

雨水寒凉，穿过灰色的伞布
沿着伞骨、伞柄，裹挟猩红的铁锈
爬上她的手臂，她还年轻
秀发乌黑，足以保护光洁的额头

河水浑浊，水草死死抓住堤岸
远逝之物，留下空洞之壳
她用整个身体来填充，余生漫长
一切强加给她的，将被她一一清除

一件丧衣，从上游漂下来
在她目光里打了个旋，又漂向远方
她摘下一朵野花，攥在手心
擎在胸前，顿时云销雨霁

她果断合上伞，以伞为杖
远离那条河，沿老路走回去
回到开始的地方，勇敢地接受自己
万物安静，露珠在阳光下滚动

躲　雨

下雨了，他抱起柴火
走进屋里，空气中弥漫着
潮湿的气息，火苗
在炉灶里舔舐着黢黑的锅底

黑夜开始倾斜，雨水
在屋脊奔跑，凉意沿着柱子
溜下来，他不断添加柴火
才能照亮自己的脸

他想起一个远方的人
或一段被忘却的故事
或一个下落不明的物件
空荡荡的双手，被火苗烤痛

他不得不在梦中躲雨
独酌，拿起枯枝迎风起舞
一不小心，刺伤了自己
醒来，血红的太阳冉冉升起

黄　昏

黄昏，她准备穿过田野
独鸟驮着硕大的红云，逆风飞翔
远山熊熊燃烧，田野安静
秸秆，被攒聚成一只独角兽

漆黑的光，从鼹鼠的洞里钻出来
沿着扭曲的沟坎，缓缓爬行
苍耳抓住她的衣衫，身体
已无险可守，她必须背光而行

小孩不回家，穿梭于草木之间
把泥土捏成人，又揉碎
重新捏成人，反反复复
她轻轻走过，没有搅动他的宁静

枯木挡道，黑夜吞噬了
她的影子，她踩着自己的脚印
向任意一个方向，勇敢返回
田野消失，她已回到自己的身体

油菜花开

油菜花开放的时候
适合离开,适合归来
适合一个人站在山顶,举目皆亲

太阳,在风中运笔
大地挥霍着一朵朵流金般的时光
仰望的人们,如一枚枚闲章

湖边的女子,一袭白衣
飘然于湖面的天空之上
缓缓走向多年前或多年后的自己

红色的鸟,衔着一截旧梦的尾巴
返乡之人和离乡之人
相视一笑,就像是一个人

异乡人,嚼着鲜嫩的茅草
静静躺在油菜花丛中
预支余生,与一帮虫子称兄道弟

四 月

四月是一个绚烂的雷区
健忘的人,正信步而行
他们必须躲过记忆的引信
完成对此刻的拯救

某些人执意远行,白天
表演灵魂行走于肉体的钢丝
夜里,任由肉体的火苗
烘烤每一个闪念

她从外省回来,频频转述
与自己无关的消息
年年花开,种花人已然作古
某些事终究会下落不明

路的尽头,一只死去的蝴蝶
正被蚂蚁啃噬,四月
是一个美丽的借口
她真勇敢,拯救了自己

入 冬

你从草地走来,睫毛上的寒霜
折射出早晨的静寂
山峦,消失于白色的雾气

身后的寒风,正在弹拨枯枝
我们一直在寻找彼此的碎片
眼睛里布满诡谲的血丝

那只鹦鹉终究死了,尚未学会
我们之间的各种密语
被埋在松树下,松涛阵阵

某些瞬间,只要有你
就会成为永恒,比如
某个黄昏,你在枯草上起舞

灰尘飘向熟悉的物件
试图覆盖你我的指纹
每一个借口,都无懈可击

雪落下来之前,你会离去
我还会轻轻躺下,在梦里
聆听寒日从屋脊上走过的声音

山中,有一只独角兽
正在打鼾,你别担心
没有谁能吵醒我,除了我自己

池　塘

多年以后，我是否
会完好无损地来到这个池塘
莲花是否如约开放
孤独的香气是否还氤氲着
平静的水面，池水深处
鱼是否记住了它自己
岸边的女子，去往何方

陌生人啊，你是否
依然受困于这个夏天
拒绝返回故乡，我沿着池岸
行走，绿茵茵的往事
在水面飘荡，我何时才能
放下倔强，走下去
能否回到这个世界的原点

山中遇雨

走在山中,突然下起了一场雨
师父把他的伞给了我
我的心,依然湿淋淋的

夜雨在房脊游走,我不敢出声
怕黑暗一圈圈将我缠绕
怕体内的骨刺突然疯长

师父半夜敲木鱼,声声可沁心
我被自己的心跳声吓醒
翻个身,又掉进雨的腥味里

清晨雨停,草木泛着各自的光
仿佛从未发生,石窝里
有积水,我照见了自己

离开时,师父不说话
浩浩荡荡的雾,在他身后升起
瞬间就迷蒙了整座山

苹　果

院子里，小孩逆风而行
苹果树在风中凌乱
青果砸向地面，有些故事
永远不会有结果，我的忍耐
是记忆最坚硬的部分

风停了，小孩走远了
院子安静，仿佛风从未吹过
小孩从未来过，我将离开
逃回想象的洞窟，用苹果
来解一生之渴

小女孩

梧桐树在风中奔跑,小女孩
执拗地站在原地,用灵巧的手
徒劳地整理着头发
身后,一件白色的衣服
被一根铁丝紧紧拽着

白色塑料袋,乘风而起
被树枝牢牢攥住,如一只鸽子
或昨夜的一段残梦
小女孩一只手抓住头发
一只手紧紧抓住风

院墙之外,人们试图
在一段坑坑洼洼的泥路上
走出端庄的步伐,墙砖脱落处
苔藓爬上墙头,窥伺着空院子
没有小女孩,只有风

背　影

小男孩，从密林深处走出来
忧伤地看着，我写下
那些与自己为敌的文字
像一个老父亲，看着
一个试图背叛家庭的儿子

大雨来临，小男孩走回密林
消失在自己的背影里
只剩下我，在枯叶中
左躲右闪，如一滴雨
在东倒西歪的大地上流浪

小狗，对着密林吠叫
万物皆有幻影，我的背影
将是我一生的障碍
我永远见不到那个小男孩了
只能是自己的小男孩

傍晚的叙事

和朋友通话的那个傍晚
我正在河滩行走
夕阳,被山尖扎破
鲜血,在乱石中荡漾

他描述着这个秋天
莫名的痒,无端的残梦
描述着枯萎之物
如何优雅地静静坠落

风从河对面吹来
我把左脸换成右脸
打鱼的人,仍一无所获
除了塑料袋、易拉罐

有时,我们不说话
隐藏在耳朵后面
直到阳光倏然熄灭
有些事,总是草草收场

立冬日

他先用一抹纯蓝,覆盖住
乌云、闪电、雷声
用金黄的太阳,照亮鸟雀的飞翔
再染绿每一片黄叶
遮挡住每一个空空的巢穴

画一条静止的河流
让老人坐在河边的石头上打盹
画一排排路灯,在大白天
肆意闪亮,画一个路口
和一群患有色盲症的蚂蚁

必须画一群人,脱下厚厚的棉衣
互相交换浮夸的微笑
画一只狗,画出它的乖巧
隐藏的犬齿,画一幅日历
一个盯着日历的男人

他终于画完了,手指已被纸割破
血被印在纸的背面

没有关于冬天的消息
他安静下来,深陷回忆的瓮城

记　梦

行人的脚印，被落叶覆盖
失明的老人坐在一块假石头上
风声覆盖了他的喃喃自语
以及空空的心跳声

陌生人手拿一个哨子
却从未吹响过，偶尔停下来
回头看着，一群小孩
正在摇动一棵跟他们同龄的树

我捡起一枚野果，从梦中
逃出来，窗外的阳光
正审视着这个安静的世界
我两手空空，捏着自己的虚汗

村　夜

暗夜里，燃放烟花的人
背靠着一棵空心树，睡着了
村子安静，狗的眼中
除了星辰，什么也没有

黄叶落在夜的绒毛上
人们翻一下身，说一句梦话
继续睡去，谁都无法
搅动这潭深不见底的黑夜

寒冬即将来临，老鼠
在房屋和墓地之间竭力奔走
独居在后山上的老者
仍然在用拐杖敲打石头

斜月沉沉，一只夜鸟
惊飞而起，我局促起来
不停地捏手指，声音清脆
一不小心，太阳就蹦出来了

新大陆

他又喝醉了，艰难地躲闪着
满地的枯叶，头顶上
一枚干瘪的果子，紧紧地抱住
树枝，不忍心砸下来

小孩咒骂他，向他扔土块
吐口水，他始终微笑着
如同一个木偶，被秋风提着
晃荡在空旷的田野上

废弃的烽火台，高高地擎着
荒凉的天空，银色的飞机
闪过他那浑浊的眼睛
烟雾将整座天空一分为二

夜幕降临，他躺在床上
向记忆深处航行，大海茫茫
想起来的事物越来越少
远方，漂浮着一块新大陆

寒　意

十月小阳春，桃花开了
寒意穿着阳光织就的外衣
招摇于腐烂的枯木之上
嘈杂的鸟雀，相互复制飞翔

人们劝阻逃跑的老鼠
并向我问好，问我何时搬家
打探我的癖好，告诫我
说梦话时别喊他们的名字

勇 气

邻居还在吵架,一个人
拼命呼喊着另一个人
回声消失之后
长长的楼道重新被灰尘占领

有人在楼道里叫我
我躲在防盗门后,局促不安
在这个空洞的秋天
我尚未学会自问自答

猫穿着灰色的皮毛
优雅地走过来,冷冷地看着我
我假装抽烟,抠挖墙硝
就是没勇气开门

端　午

你以身饲鱼,想沿着汨罗江
游到大海,希望
世界上没有这样的节日

钓一条不是,钓一条不是
他们究竟要钓什么
楚天依旧那么蓝

我不喝酒,一喝就显出原形
看见自己就脸红
一百多斤,咋这么轻

我独自穿过欢笑的人群
来到西流河畔
用石头,砸出石头的火花

落单的小孩在玩沙子
多么危险啊,我们相视一笑
整条河都安静下来了

鹰嘴岩

南山向南奔跑,留下鹰嘴岩
日日眺望着我
梦向北撤退,留下我
夜夜眺望着鹰嘴岩

我们之间,隔着一条玉带河
隔着医院和学校
隔着自欺欺人的窗户
以及无中生有的灰尘

我把鹰嘴岩写进诗里
却写出了陡峭
往后余生,我只写它的高度
以及阳光、清风

外　甥

外甥每天拿着一把尺子
测量着门窗、书籍、绿植
并大声读出尺度
似乎很满意

他量过阳光和阴影
一只僵死的甲虫
以及自己的眼泪和笑声
无奈地说：还是七岁

他挥舞尺子
让我蹲下，专注地测量我
在他没有读出数值前
我不敢站起来

祖 母

农历六月初六
祖母在院子里翻晒自己的寿衣
阳光照着高高的屋脊
也照着她的驼背
微风吹着抽穗的庄稼
也吹着她的白发
虫子惊慌失措
她挥动着枯瘦的手
生怕拍重了
就像多年前拍打我的屁股

蚕 茧

少年时，我曾背着蚕茧
向一条河的下游走去
将轻盈雪白之物
卖到外省
在它破茧成蝶之前

采桑，养蚕
我必须独自穿过
起风的路口
成长，并非美丽的借口
更像一次次错过

西流河

多年后,我能否想起这个冬天
独自一人,沿西流河行走
阳光下,垂钓者
抱着自己的影子
睡着了,青苔包裹着枯骨
鱼群在朽木间穿行
颤抖的风,裹挟着炊烟
从大巴山上滚下来
熏出了我的眼泪
我突然想起一个去世多年的人
他一定在上游等着我
我还能认出他吗
多年后,我能否遇见自己

冰

我抱着一块凝固的水
来到学校
被嘲笑,被罚站
我和我的冰
有无法被描述的坚硬
阳光的舌头
舔着我的脸
也舔着那块透明的冰
趁老师不注意
我会偷偷啃一口
慢慢咀嚼
多么美好的年代啊
整个世界
都在小心维护着我
和我的冰

故乡，或他乡

我在遥远的他乡
见到一个人
他很像我故乡的某个亲戚
我们相视一笑
又各走各路
也许，他怕我认出了他
我也怕被他认出来

立 春

学生在顶楼的教室里
做一张暗藏标准答案的试卷
我站在窗口监考
转动着 CT 机般的脑袋

校外的花坛旁
小孩仰着头,张着嘴
伸出舌头,任凭洁白的雪花
落在他的味蕾上

雪

孩子，只有高远的天空
才能沉淀出洁白
孩子，只有温润的大地
才能融化掉坚冷

请伸出你的手掌吧
堆出一个自己
它融化的时候，春天就来了

鱼

孩子，当你勇敢地蹚过小河
又心心念念地返回来
你就成了唯一的自己
那条游过你脚踝的鱼
在大海等你，不信
你看那场暴雨
那是它在向你发出的邀请

晚熟的人

他只是比别人长得慢一点
每一个日子
都需要慢慢品尝
晚一点,没什么不好
秋后才结大瓜

不要经常到瓜园里去看他
让他安静地长大
寒霜,只会让他更甜

记　梦

你如果梦见自己走丢了
不要难过
有时候，离开自己
四处走走
你才会更加认识自己
当你醒来
也才会更加爱自己

春　语

这个春天，你依然在陌生的城市
过着熟悉的生活
上班，喂养干瘦的数据
下班，析出空洞的叹息
路过广场时，你一定会停下来
呆呆看着观赏喷泉的人

我总是错把过去的事
当作将发生的事，依然喜欢抽烟
喝浓茶，和诈骗电话里的人
聊一个古怪的梦
偶尔想起，那些我们不会
再去的地方，不会再见的人

我若无其事地走过路口
小男孩，向臭水池狠狠地扔石头
小女孩，咯咯地笑着
我只能静静躲开
无法向你转述一场倒春寒
你是否依然开着灯睡觉

打鸟的人

打鸟的人说,将弹弓
瞄准鸟的眼睛
我相信,鸟也在瞄准他
不然,为何他戴着变色眼镜
此时,正看着我

青春辞

那是一个慌乱的青年时代
东关街走高踩低
迷失在徒有其名的朝阳路上
忧郁的法国梧桐
被纵横交错的电缆线捆绑着
老人裸露崎岖的脊背
狠狠撞击树干,抖落一地夕阳
门墩上的猫睡着了
发出单调、深长的呼噜声
货架已褪色,摆着散装香烟

她穿着白色的松糕鞋
小心而缓慢地走着
在玻璃店门口,我突然觉得
我们应该离开,一回头
她就消失了,我所有的记忆
都开始于此,消失于此

遇 雨

那年夏天的罗村坝
浩荡的阳光正在酝酿一场暴雨
我们毫无察觉
就像无端泪涌
太多的事物,总是突然来临

黑云诞生于虚无
砸向四散奔逃的群山
火花溅射时,雷声扑来前
你躲进我的怀里
我们用心跳对抗转瞬即逝的事物

孩子,有些事,躲不掉
就不要躲了,整座旷野的雨
为你而下,想唤醒你体内的力量
你迎上去,你就是中心
你就长大了

采药人

他说，蛇、蜘蛛等动物
从不毒自己
他说，人心即解药
可解人心之毒
那些生长在悬崖上
腐木中，坟头上的植物
只是药引，他说
空手而归时
反而会给自己留下余地

流　水

流水把天空看久了
就滋生出青苔
逆流而上的鱼群
将石头的心事
转述给日渐衰老的族人
哑巴，终其一生
都在弥补
这个世界的残缺

捕兽夹

捕兽夹生锈了
但咬住白骨的姿势没有改变
粗心的猎人啊
你是否平安度过了那个严冬

农贸市场

农贸市场很冷清
空心菜们紧紧挤在一起
等待人们从即将到来的生活里
重拾旧梦

女人低头刷抖音
神情木然,有人停在摊位前
她迅速进入角色
唤醒整齐、新鲜的水果

在折扣店里
我购买了一摞泛黄的稿纸
藏在衣服里
生怕被那个女人看见

岸

我走向玉带河的彼岸时
有人正从彼岸
走向此岸
我们在永惠桥上相遇
有那么一瞬间
我们从对方的眼睛里
看见了自己

放过自己

母亲捡了一只流浪狗
它本来历不明
养起来,养着养着
就有了来历

每次回老家时
它朝我吠叫
彼此都不敢往前走
彼此都很可疑

直到母亲出来
像叫某个亲戚一样
喊它一声,喂——
我们才放过对方

枫　树

我梦到了一个无头的人
他的身体长满青苔
杵在一座断桥上
认真核查我的身份
醒来后,小区门口的保安
睡着了,背后的枫树
正在璀璨地燃烧

那　时

那时，我还年轻
左脚和右脚常常相互袭击
将我绊倒，我曾抱着
手电筒，在山洞里住了一夜
一手挥动黑暗
一手挥动光亮
何者为矛，何者为盾
水滴落在石头上
锈出一根根石笋
我睡断片了，没有做任何梦
醒来，阳光在洞口逡巡

登 山

山顶上什么也没有
只有一片空地
长满茂腾腾的阳光
我仰躺下来
勇敢直视那片蓝
直到它被我看出云朵

下山途中
一个小男孩提醒我
我的鞋带松了
就在我低头的一瞬间
南山转过身
突然就高不可攀

看 雪

朋友从南方回来
带来一箱热带的水果
想看一场大雪
他的酒量还是很差
脸红到耳根
好像有人总在念叨他

后半夜下雪了
他梦见一个南方姑娘
她有雪白的肌肤
站在龟裂的土地上
他试图走近
却被自己的影子绊倒

清晨,他渴醒了
趴在雪地里
拼命吃雪,泪流满面
我们一起奔跑
后来,他悄悄走了
留下一串脚印

忘　记

我会忘记那座城市
忘记城砖上一个个陌生的名字
和静静泛绿的小草
忘记等人的姑娘
和飞舞的柳絮
忘记靠墙打瞌睡的老人
和偷偷给他的胡须打结的小孩
忘记染了一头火焰的青年
和他手中的空酒瓶

就像我会忘记我的过去
也会忘记我的现在
忘记写下的每一个汉字
故作的优雅与放纵
虽然关了门窗
依然有风，吹拂着我的身体

秋　水

秋天的水，太凉
准备离开故乡的人，不宜饮用
留下来的人，提一只木桶
前往密林深处，蹲在井边
拨开枯叶，水面就会呈现出
一张自己的脸

把那张脸舀起来，提回去
文火慢烧，搁几枚树叶
就着一本旧书喝下去，通体舒畅
远方，雾气朦胧
近处，恍恍惚惚

有阳光的午后，牵着自己的手
绕过三五个安静的石头
走过落叶、荒草
来到井沿，自己的那张脸
怎么也看不够，怎么也舀不完

春天的故事

春天贪玩够了、疯够了
气喘吁吁地跑回来,爬在门槛上
一句话也说不出来

女人在厨房,挥动着丰满的身体
在冷热的缝隙里,将一群铁器
训导出温顺的光泽

男人从古画中走下来,自断前程
一屁股坐在书上,傻傻地瞅着女人
尽想一些春天里的事

老人蹲在阳光里,把一支烟
从古代抽到现代,尘埃屏住呼吸
轻轻落在他们的头上

沼　泽

陕南的冬天，阴冷潮湿
一条河，刚刚逃出来
又被群山吞噬。路扭断自己的脖子
紧跟流水，可还是走丢了
被一块巨石，拦腰截断
荒凉的石头上，留下一撮兽毛
树木扔掉叶子、果实，只留下
干枯的鸟鸣。浓雾凝聚
贴着地面蠕动，他的目光
深陷于自己面孔的沼泽

谁

清晨辽阔,树木枕着一座小山
优雅地鼓起温软、丰腴的腹部
阳光贴着湖面缓缓滑翔
湖水慈祥,端着一碗天空
轻轻捧到几只小羊面前

我有一粒白色的小房子
几只不知道名字的树
芹菜根,已落地生根
指甲剪,已徒生闲锈
灰尘落于书籍,荣归故里
虫子践祚于房梁,泽被万物

我时常给一只不长记性的老狗
讲我的故事、它的故事
等那个谁,就那个谁,谁,谁

初 夏

云朵是头顶升起的炊烟
天空充盈而饱满,哺育着群山
雏鹰的肉体,缓缓敞开
翅膀尚未开锋,一穗穗阳光
荡漾出正在灌浆的声音

幽静的湖水,沉淀出
天空的蓝,将溢出来的部分
布施给目光干枯的人们
树叶摇曳,鸟雀呼晴
熟练地操纵着自己的命运

花朵与果实之间,石板之上
我努力调整仰躺的姿势
来适应整座天空。遥远的清风
覆盖着我,蚂蚁提前爬上
我的身体,结局即开始

湖

落叶,掩埋了小路、脚印
飘进紧闭的窗子、木门

我将前往一片湖水,营救
在梦中掉进湖水里的自己

石头上,有一些水印
像极了我身体上的疤痕

野果掉下来,我应声而寻
像另一枚野果,在草地上滚动

一根蛇蜕,无头无尾
横亘在路中央,寂静生风

河水干枯,一副鱼骨
枕着这片日渐冷却的大地

孤独的白鸟,一闪而过
消失在远方的峰林里

一个姑娘,看不清她的脸
背影像我的母亲、妻子、女儿

夕阳下山,我仍没找着湖
但愿我能在返回的途中醒来

南山赋

云过南山,影子掠过滴落的树脂
松果裂开,迸出一粒粒鸟鸣

风吹树梢,鸟巢在起伏之间
拓宽了生命的弧度、飞翔的疆域

纤纤流水,从石缝、石洞里流出
又浇灌石头,石头绿油油的

朽木滋生蘑菇,腐叶孕育虫鸣
流水洗鱼,越洗越大

小兽颀长而晶亮,临水而立
影落溪中,随波而逐流

林中有空地,可以种瓜点豆
错过季节,也不会错过自己

登山的人,脸上长满殷红的锈
一棵草,绊倒了他们虚胖的一生

异乡人老了,说不清自己的来历
炊烟,是一枚时间的指南针

事件二

他面对一堵雪白的墙,静静躺着
背对着刚刷过绿油漆的窗框
玻璃已被他擦洗过,能洞见密林
院子、花朵和他那执拗的背影

他不知道自己是睡着了,还是死了
无法为自己辩解,任凭阳光
溜进了窗户,优雅地绕过身体
在一张白纸上,反射他一生的眩晕

短暂的悲伤过后,人们小心操持
就像在料理他们自己的后事
似乎与他无关,灰尘被扬起来
又缓缓落在一个凹下去的坐垫上

仇人来了,站在虚掩的窗前
面对着院子里的冬青树,微风中
一片叶子落了下来,变成一只鸟
飞向远方的密林,就不见了

把自己交给了别人,梦与死
又何必分得太清,取下镜子、相框
空出雪白的墙,一切悬而未解的
事物,都应该有一个隐秘的归处

雪 原

北风薅过大地,枯木轰然倒下
墓园被积雪覆盖,只留下一条小路
冥钱在结冰的脚印上招摇

年轻的族人们,凿开井口的坚冰
额头的汗水被风干了,盐粒
簌簌落下,隐入辽阔的雪野

炊烟熏黑了神龛、牌位、种子
咳嗽声在房梁上颤抖,灶头的陶罐
映出女人短暂而丰茂的一生

相框和镜子,落满灰尘
人们从自己的脸上寻找祖先的面孔
从祖先的脸上,寻找自己

木床泛着家族的血色,人们
遗传了痒,却抓不到自己的脊背
只能在梦中,冒雪搬运自己的身体

漂 木

月光在河面航行,浑浊的流水
绕过空空的渡口,大鱼跃出水面
从遗失的世界里,泛出白光
漂木载着幽梦,向密林深处掘进

女人坐在枯木桩上,哭声干裂
手里捧着一个血染的襁褓
就像某位祖先,在多皱的暗夜里
放纵爱恨,滋生芜杂的岁月

天亮了,白鸟孤立于漂木之上
河水澄明,缓缓绕过墓地
何时才能自由进出自己的身体
唯有炊烟,方能填补家谱的虫眼

隐　居

她坐在一块长满苔藓的石头上
整个世界，都有了支点
脚伸进泉水，泉水获得柔软、透明
流向哪里，哪里就是故国
头擎住风中，清风获得轻盈、自由
吹向哪里，哪里就是家园
阳光穿过树叶，沿着年轮滴下来
把她的安静，浇成琥珀
小小的锁骨窝，广袤、富饶、肥沃
适合全天下人在此隐居

照 亮

把散落在异乡的脚印,捡回来
给自己贴上封印,把说出去的词语
拽回来,窖藏在幽深的头颅
把射向远方的目光,抠回来
照亮体内逼仄、悠长、古老的暗河

最后的事

他时常站在村口,让小孩们
叫他爷爷,太爷
叫一次,就少一次

他到每个亲友家里,走一走
记住他们的样子
也让他们记住自己的样子

砍自己种的树,亲自打棺材
上漆,直到能照见自己
只剩下抬自己,他总学不会

请哪些人,都叮嘱好了
一定要邀请后山的那个傻子
多一个人,多双筷子

整个夏天,他率领儿孙们
储存木柴——
冬天冷,别让亲人们寒了心

坐在父母的坟前，想不起
他们的样子，无法相认
只能又靠缘分了

他在向阳的坡头上，躺一躺
对着躺下的自己，拜一拜
头顶的云团，就散开了

夜　语

冬天的夜晚，密林在四周静默
老人从豁牙处透露着祖先的隐秘
围坐在火塘边的人，眼睛里
有一团火，足以照亮自己的身体

神从屋脊上飘过，短暂的沉默
晕染着一张张倔强而绯红的脸
风，穿过述说和倾听之间的缝隙
轻轻地抚摸着被熏黑的神龛

孩子在怀里熟睡，偶尔翻一下身
似笑非笑，火塘忽明忽暗
一个被遗忘的人，从故事里
缓缓走出来，人们面面相觑

话说了半截，老人打了一个呵欠
人们都想不起自己听到哪儿
河对面的夜鸟，一遍又一遍
朝着他们鸣叫，没人能回答

所有人都梦见了雪,丰盈的白
静静地落在他们的身体上
他们醒来后,不停地复述给彼此
确信,他们看见的是同一场雪

密林之雨

雨滴是天空的舍利子,密林
是雨水的道场,鸟儿重返巢穴
把脑袋埋进翅膀,梳理
旧梦的羽毛,小兽返回树洞
年轮中心,鼾声漾出阵阵涟漪

溪流的源头,薄雾在细雨中
悠然穿行,静谧的小屋
如密林之眼,目光混沌而迷离
高悬的屋檐上,青苔如茵
闪亮的雨水,维持着朴素的秩序

他打开自己的诗集,触摸
每一个熟悉的字符,一不小心
就割破了手指,含进嘴里
吮吸,无端泪涌
一滴滴水,终于回到了一场雨

院　子

他的院子,是世界与密林的切点
白天,种下光明长出黑暗
夜晚,种下黑暗长出光明

院中有树,不知其名
他们时而拥抱,时而互观
时间久了,树根从床底下长出来

水缸虽小,可镇宅,可照天
可承载孑孓的漫漫一生
可细数皱纹,吹乱了又重新再数

虽嗅觉失灵,但花香满院
荒草站在院墙上,风就乱了分寸
万物都有抵达自己的方法

苔藓爬满青石板,无心而绿
人刚走,脚印就消失了
能把自己摔倒的,只能是自己

狗对着密林叫，不知悲喜
他对着密林看，不知有无
殊途同归，白云从头顶缓缓飘过

密林有妖精，款款来窗前
他把自己诱到睡梦和现实的边界
捉住自己，又偷偷放掉自己

妖 精

书生生于密林,也将死于密林
搭建几间草庐,只为坐等妖精前来
一只鸟雀,用意念修炼身体
用身体,度一个虚空的意念

妖精凌空披月而来,吐气如兰
一百多斤的书生,压不住一句诳语
妖精静立于书桌旁,红袖添香
笔锋划过白纸,惊醒了前世的自己

夜鸟绕庐而飞,流水环庐而过
书生在纸上再续前缘,落字不悔
妖精在窗前伫立,顾盼不语
他们还没学会如何跟自己告别

媒婆的脸上,必定有一颗痣
故意暴露身体的内讧,她怂恿着
书生和妖精相遇,操纵着
一具具精致的身体,一座角斗场

鸡鸣狗叫之时，妖精全身而退
书生停笔枯坐，风从密林吹来
翻动满桌的稿纸，鬼鬼祟祟的阳光
破窗而入，书生只能束手就擒

盲 者

秋天点燃密林,烧毁一切修辞的肿瘤
每一条干净的沙土路,都能抵达果实
密林是流水的起点,万物
正临水而居,盲者以黑暗为目

看不见,虚空郁结的白云
现象修饰的花朵、徒劳的徘徊者
颜色轻浮,唯有黑色根深而蒂固
形态虚幻,唯有空穴孕育出清风

铜镜葱绿,池塘丰茂
无须看见自己,所触之物皆是自己
时间的缓坡上,他已嗅到了
自己的气味,听见了自己的心跳

当月光撒向密林,他坐在石头上
比石头安静,斜靠在枯木上
比枯木摇曳,体内有一片广阔的密林
他的余生,只在自己的体内行走

疯　者

天空以闪电、雷声、雨滴的方式沉淀
大地以雾气、果实、兽角的方式耸起
麻雀是游码,反复丈量、确认
事物与事物之间的距离、缝隙

他模仿苔藓,躺在坚硬的石头上
模仿一只白鸟,穿过一片浓浓的雾气
模仿自己的回声,在山谷游荡
内外皆是自己,他只模仿自己

阳光,给他装上一副透明的翅膀
站在天空下,天空就是他的头颅
立在高山上,高山就是他的身躯
物我一体,他只说自己才能听懂的话

松脂里的甲虫睡着了,两岸的树木
趁机牵牵连连,河水悠悠
有人立于桥头,被一把生锈的斧头攥着
疯者沉睡于独木桥,密林沉静如初

歌　者

黑夜在密林中穿梭，小兽在梦中磨牙
腐土漫起水汽，空山兀自鸣响
远村安静时，磷火明灭处
唯有歌声，行走于若有若无的世界

歌者，定是被时间选中的人
在反复言说中，重塑孱弱的躯体
多孔的目光，重聚忧郁的族群
重建荒村的秩序、此时此刻的密林

歌声，在深涧的共鸣箱里回环
树木或高或低，流水或急或缓
一只萤火虫，照亮了另一只萤火虫
一个人抵达了另一个人，或他自己

他不断接近、复述、确认自己
以经脉为弦，以歌声为食
从牙齿到舌头，从偏旁到汉字
从语言到言语，从一丛野花到满天星辰

梦游者

云朵以天空为梦,天空以云朵为梦
坟墓以野草为梦,野草以坟墓为梦
小鹿,跃过横倒在路中的枯树
密林如梦,在它稚嫩的鹿角上晃悠

他闭上眼睛,放下整个世界
抓住满床的稻草,走出身体的陷阱
化成缕缕清风,从密林中
款款而出,又轻轻地抚摸着密林

月光在他头顶跳动,浮生若梦
一场场梦游,就是一次次醒来
通往虚无之路,也是通往真实之路
只有照亮身体,才能释放影子

失眠者的眼睛红肿,在昼夜之间
频频偷渡,滞留于物的人
被现象之灰,迷蒙了双眼
梦游者徜徉于密林,一切皆是归途

漂泊者

飞鸟误食了种子,在密林上空盘旋
神像,从山北被搬运到山南
异乡人,有一头密林般的头发
逐水而居,炊烟演绎着漂泊的宿命

异乡人,漂泊在流浪的阳光里
饮用流浪的雨滴,食用流浪的果实
用临时拼凑的名字,标注着
用血肉和骨头临时搭建的躯体

晨昏交加,异乡人在钟声里死去
留下一个寡淡的脚印,野草漫上井沿
蛛网结满墙角,漂泊的灵魂
开始寻租下一个饱满的躯体

异乡人,流浪于自己的记忆
落叶在湖面飘荡,水草在水底招摇
谁能捕获自己的影子,谁就能
终结一场场客梦,游鱼欲说还休

摆渡者

黄金、铁器、白骨被流水吞没
沉淀为河床,滋养出一河清澈
苍老的摆渡者,被沉静涂上了一层釉
指引着人们,在明净的天空飞行

有的人,被笑着渡过去被哭着渡过来
清水幽幽,涟漪阵阵
有的人,被站着渡过去被躺着渡过来
幽幽清水,阵阵涟漪

他把一尊菩萨渡过来,把人们的臆想
渡过去,让每一具沉重的肉体
驶出自己的目光,飘浮于自己的灵魂
浪花飞溅,人们笑成彼岸之花

一个无法自己上岸的人,把船
停在河中,静静等待某个渡河之人
前来渡他,船飘向密林深处
树影扫过脸颊,他登上了梦的堤岸

密林辞

密林深处,群山、河流、树木
鸟雀、环聚、依偎着小屋
浓雾缓缓升起,男人的胡须
是一丛茂盛的苔藓,沾满露水

猎枪潮湿,兔子探头探脑
他爬上山顶,一颗雄壮的心脏
在石崖上跳动,密林安静
阳光穿过树梢,他空手而归

女人拐进浓雾,溪水长流
石头浑圆,丝丝缕缕的密林里
她撩起水色的裙子,将穿过
一片长满蘑菇的平缓林地

浓雾逐渐散去,露出炊烟
笼罩着整座密林,一切草木
都在丰沛的羊水中,静静滋长
透明的鸟儿,轻轻飞过屋顶

落 雪

雪尚未落下,人们一直在谈论
祖先们冒雪前行,寻找
无法被大雪覆盖的事物
以及被大雪永远覆盖了的事物

祖先们拄着一双寒凉的腿
行走于密林深处的雪野
小兽在溪边一闪,消失于雾气
雪地上,空留一串串蹄印

枯木轰然倒塌,祖先们躲闪着
拍打身上的雪,直到肉体
渐渐暖和,小小的念想
融化成一滴晶莹剔透的露珠

祖先们走向山洞,在石头内部
点灯、做梦、流泪、欢笑
在身体里安放灵魂,在影子里
安葬身体,雪从未停止

密林被大雪覆盖之时，人们
已远走他乡，在方言里撒盐
谈论模糊的祖先，及那场大雪
试图在睡梦中寻找雪渍

入林记

黑夜多孔,他像土匪一样
把自己扛进密林,身后
磷火,在墓地里忽明忽灭

躺在山洞,如同一枚化石
回到远古的寂静,缓缓撑起
一座孤高而丰茂的山峰

溪水,从他的睡梦里流出来
梦是源头,他正在用鼾声
训导一切河流的走向

树站在树之间,根系伸进
大地之井,汲取黑暗
为他提炼一个个斑斓的果实

他以羽毛为衣,以树叶为裤
或者,穿上阳光和清风
肉体,就有了泥土的质感

石头之上,细小的苔花
静静开放,捂软了坚硬的石头
光脚踩上去,像落下两滴雨

他说人话,鸟说鸟语
都不是他者,都听懂了彼此
一家人,不说两家话

小兽不请自来,他也不挑理
各自把玩自己,朝阳上彩
夕阳抹釉,各自收藏自己

雾气混沌,如羊水般充盈
他取出自己的肋骨,与之共舞
走到哪里,哪里就显山露水

空　地

每片密林之中，都有一块空地
盛放着天空，浅草布道
树木围坐，夏天的黄叶
混入鸟群，以坠落的方式顿悟

空地铺展，她悬浮在阳光里
静若处子，如同时间的原点
清风，轻轻拽着她的裙裾
她以静制动，如同世界的支点

密林志

候鸟南下,一台台收割机
驶过秋天的密林,树叶被抛弃
被扔下悬崖,一块块巨石
磨砺着一把河流的镰刀
闪闪寒光,在密林里出没

他走出山洞,如走出一座坟墓
多年来,他把自己的身体
培植成一片密林,为了不迷路
他必须在眼前的密林里穿梭
比对着、修正着、确认着

冬天即将到来,他开始采集
野果,与一只只野兽对视
捡拾闪亮的石头,唯有如此
两座密林,才不会互相排斥
或模仿,他才不会和自己相抵消

冬天没有终点,他将抵达
梦中的那片混沌的密林

他通体透明,柔软而轻盈
彻底放弃自己,随物附形
成了自己的一切,一切的自己

雨

雨在密林上空盘旋,屋檐
是一道坎,演绎着回忆的落差
流水声,沿着烛光传来
他放下笔,停止了无谓的辩解

思考的倒刺,有的从毛孔里
戳出来,与黑夜握手言和
有的攒聚于心,在心跳的间隙
垂钓,消磨着雨的腥味

抱着自己睡觉,也不会睡成
自己的样子,雨落进梦里
他只能冒雨梦魇或梦游
潮湿的梦话,是他自己的口粮

巨　石

巨石如一块镇纸，大地安静如初
密林之木，蘸着天空之蓝
突然忘字，流水澄蓝
从上游流芳，从下游溯源
环绕过巨石，泛起阵阵涟漪

雨水和阳光，已互换姿势
鸟雀栖息于巨石，确认着飞翔
青苔以匍匐之心，弥补了裂纹
填满了皱褶，小虫子
蜕掉外壳，袒露出整个世界的柔软

身患奇痒的人们，远道而来
在巨石的阴影里，双手合十
闭上眼睛，窥视自己
雾气升起，古老的凉意开始氤氲
巨石，宽悯了肉与灵的龃龉

大　树

大树成精，在闪电和雷声的夹缝中
活成一块虚与实的界碑
人们前来焚香、挂红，描述着
寒凉的族谱，身上的痼疾
枯枝掉落于前，无声无息
白头发，轻轻地抚摸着冰冷的额头
就像一朵白云在深渊上空盘旋
大树不言，他们已心领神会

密林赋

深秋的阳光,如一只只翎箭
射向陕南密林,河流
在白云的掩护下,左顾右盼

苍鹰,居住在天空之城
时常盘旋、逡巡于密林之上
黑影,足以切开郁结的巨石

枫叶乐于自赏,醉红了脸
一不小心,跌落枝头
被小兽捕获,小兽就长大了

苔藓伏地而行,无问西东
练就了一颗柔软之心
只为接住一枚枚梦游的野果

穿梭于密林的人,心中装着
某个女人,有一副好嗓子
与自己对吼,吼出一片密林

鱼　群

她站在春天的鱼群里，歌声
在她身体里回荡，石头与流水之间
徒生青苔，芦苇们不躲藏
不致敬，她的一生都在度自己

捕鱼人，有一双灵巧的手
安静地修补一张破网，明亮的阳光
洒在他那张险象环生的脸上
辽阔的河岸，漾起片片佛光

画 押

南山上，春天正在和雪谈判
浓雾潜伏于山脚，试图一点点擦掉
整座山，树枝擎着芽苞
像举着一个个湿淋淋的火把

返乡之人，徘徊在自己的家门口
虚汗淋淋，被驱逐到春天里的人
该如何辨识过去？铁锁缄默
蛀虫探出脑袋，又失望地缩回去

离乡之人，已然改名换姓
提着簇新的皮囊，走过一片坟地
楔进广阔的大路，欲望之年
该如何掰掉心上的嫩芽

积水尚未干涸，被闲置在路上的人
躲闪自己的倒影，无可避免
就头顶南山，故意散步
用一串脚印，在大地上反复画押

等 雨

雨水落在远处的密林，屋子阴冷
站在墙上的钉子已生锈
挂不住一个仰望，火柴潮湿
被遗忘在墙角，无法点燃目光

他搬一把椅子，坐在屋檐下
雨还是没下过来，老鼠跑过房梁
灰尘落在他手里的书上
他一动不动，任由它们密谋

雨来的时候，他睡着了
梦到一场大旱，他喝自己的眼泪
汗水，与别人交换着影子吃
他醒来时，雨已经下过了

洪　水

洪水袭击了密林，树木露出根系
如出土的半截文物，坟墓坍塌
腐骨被冲走，留下一个巨大的空洞
如史书中的独眼、历史的深渊

闪电劈开树的年轮，老者捡拾木屑
打算煨一堆火，烘烤寒凉的家族
烟雾湿滑，笼罩着一丛白发
熏黑了一根根暴起的血脉

对面山上有人说话，声音隔空传来
老者在自己心跳的间隙里
听见只言片语，黑鸟落在他面前
在它的眼睛里，他窥见了自己

返回，沿着洪水撤退的路线
他走进山岭的皱褶中，幸存者
带着簇新的腔调，反复描述
一场遥远的洪水，说着说着就老了

固 守

寒风横扫密林,抬棺人顶风而行
汗水滴在落叶上,发出声声脆响
逝者沉默,乌鸦从头顶飞过
熟悉的道路,突然就陌生起来

黑夜在密林中弥漫,事物
各安其位,婴儿的啼哭破土而出
振落神龛上的尘土,灯火昏暗
雕花木床,显露家族的包浆

异乡人走过密林,每一个人
都是老物件,和他们搭话
就像和祖先对话,他放下担子
和自己狭路相逢,扁担瞬间发芽

狼

狼,蹲在对面山头
支撑着整座天空,院子里
黄叶堆积,如一具华丽的棺椁

水果刀,频频划破手指
笔,频频戳破白纸
身体,频频被碎梦踹出来

一只猫,潜伏在我的身后
只等我回头,我用一盆水
照见了时间反水的伪证

狼嚎叫之时,我正被黄叶簇拥
没有风,纵火者还没来
我必须跟自己做个了结

豹

豹子,优雅地闪过悬崖
消失在群峰里,只留下风声
在月光下,荧荧滚动

神,端坐于高悬的屋檐
老鼠,在山墙上打洞
一切叙述者,都是傀儡

关于消失的事物,老人
绝口不提,关于存在的事物
小孩子,正在一遍遍确认

深夜,院子空成陷阱
豹子,在人们的梦沿漫步
忧郁,是一块存在的遮羞布

放　逐

他被放逐于密林，世界
被浓缩成一滴露水，万物
从露水中诞生，眼窝里的盐碱
被睫毛扫尽，晨雾氤氲
缝补着破绽百出的身体

阳光撒向密林，被查封的嘴巴
吼出一群鸟兽，被拧弯
榨干的目光，恢复了弹性
布满勒痕的肢体，被清风抚平
削刻过的心脏，缓缓重启

云朵飘过树梢，古树下
走过一串串淡淡的蹄印
熟悉的女子，站在陌生的村口
他前去打听一个失踪的人
女子不言，笑声在密林里荡漾

乌鸦镇

异乡人,被窗外的喜鹊叫醒
悬置的清晨,在树杈上摇晃
他绕开树干,纵身跳到地面
旅馆门口,老人勾着脖子
栖息在石头上,爪子抓着爪子

密林中没有乌鸦,小镇如巢
孕育出一只只聒噪的风声
哇——哇——黑云乱飞
高耸的山尖,伸出长长的喙
黢黑的果实,蹲坐在树枝上

小街,瘦成一根干枯的枝条
有人背着双手,优雅地走过来
眼睛深黑,像两个陷阱
密林停止涌动,煞白的浓雾
偷偷溜出现场,他无处可藏

返回途中,没见过乌鸦的人们
都在谈论乌鸦,口音浓重

掉在地上梆梆作响，他是否
真的吃过乌鸦的眼睛，不然
为何听见了某些已消失的声音

旅馆门口，一个毛茸茸的小孩
睡在那块被磨光的石头上
喜鹊不辨黑白，已停止了申述
如何获得存在？他拼命喊叫
哇——哇——把自己吵醒了

蛇 镇

持续的睡梦中,他逆流而上
尾随一条蛇,走向密林深处
正午的阳光弯曲,撬开密林
露出弯曲的街道,每家门口
悬挂着风干的蛇蜕,如一串串钥匙

狭窄的街道上,铺满了各种蛇
自己的头,咬着自己的尾巴
形成一个个圆环,无头无尾
如同时间布下的一个个圈套
他,既进不了,也回不去

他调整一生的角度,让浮肿的身体
适应弯曲的蛇,可诡谲的蛇纹
成了他的迷宫,他从未来走来
直达过去,抓不住此刻
每一条蛇,擦掉了自己的痕迹

与蛇对视,风不吹草不动
蛇的眼睛,何时能转动

他指认的过去,是即将到来的未来
他期盼的未来,是已经忘却的过去
即使抓住自己,也与此刻无关

阳光板结,河流在远方喘息
蛇们放过自己,相互咬住尾巴
缀成一个巨大的此在
紧紧箍住整个小镇,他身后的蛇
即前面的蛇,只等他醒来

蜜蜂镇

春光漾漾,指头被自己的目光
蛰了,他中了自己的毒
恍惚中,误入密林中的小镇
街道只剩下一半,另一半
被割让给流水、山崖、蜜蜂

飞翔的蜂群,携带着毒液
艰难地恪守、改变着飞行轨迹
绽放的花朵,有自己的宿命
酿造成蜜,或炮制成毒
每一个尝蜜者,都是试毒者

占卜的人睡着了,卦签沾满了
汗液,老者端坐在花香里
把另一个人的一生,复述成
自己的一生,蝴蝶不来
失去刺尾的蜜蜂,在头顶飞舞

商店里,蜂蜜被明码标价
外乡人和本地人,握手言欢

偷偷达成某种古老的契约
阳光的舌头，静静地舔舐着
老板娘的那张沟壑交错的脸

他走在街道上，虚白的浓雾
从河面悄悄涌起，他伸出指头
试图指出小镇尚未命定的部分
指头瞬间消肿，他醒在花丛中
蜜蜂，也在他的头顶飞舞

蛙　镇

初夏时节,他打算放过自己
把逐渐升温的身体,扔进河流
却醒在一个小岛上,密林
止于此岸,救他的人和他
止于彼岸,风吹乱整了条河

青蛙环岛而聚,房子环岛而建
只留一个出口,也是入口
小孩在夏夜里出生,老人
在阳光下死去,哭声夹杂着
笑语,应和着阵阵蛙鸣

小岛的中心,有一口水井
暗中与河流相连
井水,倒映着幽蓝的天空
安静的人们,环坐在井沿上
青蛙,露出湿淋淋的脑袋

一根根腐烂的椴木,长出蘑菇
他以此为食,向活着的人

打听死去的人，向死去的人
打听活着的人，也许他们本是
同一个人，青蛙在静静地产卵

太阳在河面作法，仍无法留住
绕过小镇的水流，来处模糊
他渴了，在水井和河流间奔跑
直到肉体轰然倒下，醒来
已到达彼岸的彼岸，蛙声沉默

夜　话

夏夜，驮着高耸的山峰
拄着一片竹林，悠然下南山
又侧着身子，穿过雨丝
跨上一座独木桥，一不小心
就看不见了，无处不在了

猫头鹰，蹲在一棵古柏上
叫声，在坍塌的坟墓里
冰凉的水井里，久久回响
巨石裂开，缝隙幽静
一丛灌木，不知死活地活着

门臼和门轴，松动了
跨过门槛的人，也松口了
风一吹，往事吱吱嘎嘎
一朵朵雕花，沉睡在尘埃里
始终保持着绽放的姿态

烧一截老椿树根，香气
氤氲，火星迸落于脚前

旱烟锅轻轻一挑，吧嗒吧嗒
没有说话，如已经说完了
没有听见，如全都听见了

每个人，都是一部稗官野史
异乡人的询问，如一粒种子
落地生根；本地人的回答
如一枚浮萍，漫游他乡
雾气，从密林里低低漫过来

人间烟火，把墙上的神
熏染成某位先祖的样子
远逝的祖先，在神像上复活
谁，当着谁的面给谁说话
是摇篮曲，还是安魂曲

房梁有鼠，屋脊有猫
彼此只隔着一片青青的瓦
夜晚有多深？为什么听见的
都是回声？为什么相持
一场梦，能否化解一切执念

细雨适可而止，夜色
踩着院里的青苔，缓缓离开

有人沿河而下，继续追踪
某个问题；有人欲盖弥彰
继续严守着某个答案

此　刻

紫色的天空,横亘在密林之上
幻象与真理,互相纠缠
众神注视着密林,夜鸟的叫声
撕破合围的黑暗,荡过湖水
来到木屋前,他放下笔
面对密林,学习如何沉默

南风,带来一股草木之气
虫子蠕动,如遗世之圣人
在最低处,实现了最高的梦想
旧事泛起凉意,他只会
提笔忘字,过去崩塌于此刻
一声声心跳,即一句句诳语

与此刻告别,他躺于木床
睡在深深的年轮里,重新
与事物们相遇,和未来的自己
握手言和,向他表达敬意
携手回归于懵懂的静寂
枯木轰然倒塌,惊起阵阵蛙鸣

遇

密林深处,传来阵阵脚步声
像一段忘却的旧事,月光倔强地
撬开黑夜,女子静静站在院外
像一只刚刚修炼成形的精

他站在院内,像一截过期的预兆
时间缓缓倒流,他们互为参照
深爱着自己,与自己为敌
安静被虫子啃出巨大的虫洞

他们不说话,只是相互看着
直到斜月沉沉,晨雾升起
他轻轻开门,一轮红日冉冉上升
她飘进来,充满了整个小院

蘑　菇

她在枯木上寻找蘑菇，寻找
活着的证据，相信每一段年华
都有被虚度的理由，白云
变幻姿势，装饰着意念之蓝

腐烂之木，将泽被万物
蘑菇，是一个个被遗忘的梦
在风中，飘散着爱与恨的孢子
她的小欣喜，撼动了密林

小小的年纪，就能控制住
自己的欲望，识别出毒蘑菇
一只蝴蝶，停在她头顶
她忽然就掂量出了自己的重量

蘑菇们，傻傻地躺在篮子里
她不急于表达，或行动
阳光下，她和蘑菇都需要等待
似乎时间越长，越纯粹

她将度过一个个漫长的冬夜
在梦中和自己不期而遇
醒来,月光洒在密林深处
每一朵蘑菇,活出了她的样子

活在未来

他独居于密林,活在自己的未来
苔藓般的胡须,过滤了
语言沉渣、伪饰,厚实的头发
封存了欲念的针芒、刀锋

木屋没有访客,满世界
都是已作古的人,他走出
自己的意念,在鸟鸣声里滑翔
在花蕊中沉睡,他已爱上了自己

坟堆已被老鼠挖掘,露出
一双双窥伺的眼睛,他轻轻走过
拒绝和自己的过去说话
他是自己尚未腐朽的部分

风起于目光之末,他无所隐藏
亦身裸体,在风中奔跑
食用露水,维持阳光的纯粹
有太多的黄叶,需要他轻轻接住

密林混沌如初,他在雾气里
反复摸索身体,确认着
起点、终点,阳光飘进他的眼睛
他所见之物,皆是可能之物

老　虎

老虎蹲坐于山顶，像沉睡的祖先
天空愈加辽远，凝重的云朵
左奔右突，演绎着家族的命途

密林之人，用一炷炷炊烟熏制
被血汗腌制的身体，祭拜
远逝的记忆，引导着浑浊的目光

老虎持续安静，孩子的哭声
卡在黑夜里，老人语焉不详
他们都无法析出自己的回声

男人双手击掌，欢乐清越
女人双手合十，苦痛空静
他们在自己的梦里遇见彼此

露水栖息在虎毛上，远走之人
和返回之人，是同一拨人
故事继续，神龛上的香火不断

密林充盈而丰腴,正在临盆
太阳刚出生,喊出一道纯粹之光
人们,从族谱上开枝散叶

老虎仍在沉睡,清风徐来
金黄的毛抖动,如同圣火般燃烧
万物,把自己修炼成了祭司

王

群星之下,密林恍如白昼
苍老的王,已经把自己哄睡了
树木撅着屁股,在地下
向王的睡梦延伸,鸟儿似睡非睡
飞翔的秘方,不过是一句呓语

雾气,摩挲着坍塌的城墙
苔藓覆盖弹孔,黑色的虫子
正在蜕时间的壳,王翻动身体
抖落一地的皮屑,思想插科打诨
遗失的想象重新获得质感

流水怂恿腐叶,露出一截截白骨
女妖,有丝绸般的歌声
抚慰着孤独的亡灵,王咬破茧
飞出一道霞光,沿着树脉
注入密林,万物皆有应许之光

梦中的阿木

午夜,阿木从容走进梦中
把爱过恨过的人忘掉
只剩下自己的影子
把白天种下的树拔掉
只留下一块空地
把自己的每个脚印都捡起来
装进空空的陶罐
把刻进石头的字磨掉
让它长满苔藓
把草稿烧掉,任凭灰烬
在月光下自由飞翔
然后,坐在门前的山头上
心满意足地看着自己
如何在清晨一点点醒来

阿木病了

阿木病了,只能爬在地上
学各种动物的叫声
只能离开人群
在高耸的野草丛里穿梭
很多年过去了
见过他的人都去世了

据说,他常在山顶遥望
人们用他的名字
吓唬哭闹的小孩
寿终正寝的老人
反复念叨着他的名字
静静闭上眼睛

走出密林的人
带回古怪的病毒
寻找阿木,重修村子的时候
所有人梦见了阿木
醒来,地基上
种子在阿木的脚印里发芽

寻找阿木

异乡人前来密林,打探阿木的下落
人们看看彼此,又看看自己
一场雨,正从南山飘过来

人们谈论阿木,男人说她肤白貌美
女人说他力大无穷,鸟儿
鸣叫,难道阿木是一只大鸟

没人见过阿木,他们相信
阿木活在他们之中,从未离开
他们死去,阿木会替他们活着

异乡人,追踪自己的脚印
天干地燥,他猛然一拍自己的脑袋
"阿木",在里面久久回响